假期共读
JIA QI GONG DU
系列

祁智叔叔
和你读小说①

祁智　编著

江苏凤凰美术出版社

图书在版编目（CIP）数据

祁智叔叔和你读小说 . 1 / 祁智编著 . -- 南京：江
苏凤凰美术出版社 , 2022.2
（假期共读系列）
ISBN 978-7-5580-9590-0

Ⅰ.①祁… Ⅱ.①祁… Ⅲ.①儿童小说 – 文学欣赏 –
中国 – 当代 Ⅳ.① I207.8

中国版本图书馆 CIP 数据核字（2022）第 003299 号

责任编辑	朱　婧　奚　鑫
责任校对	李秋瑶
封面绘图	张　超
责任监印	生　嫄

丛 书 名	**假期共读系列**
书　　名	**祁智叔叔和你读小说1**
编　　著	祁　智
出版发行	江苏凤凰美术出版社（南京市湖南路 1 号　邮编：210009）
制　　版	江苏凤凰制版有限公司
印　　刷	南京迅驰彩色印刷有限公司
开　　本	718 mm × 1 000 mm　1/16
印　　张	12.75
版　　次	2022 年 2 月第 1 版　2022 年 2 月第 1 次印刷
标准书号	ISBN 978-7-5580-9590-0
定　　价	38.00 元

祁智叔叔说

因为疫情，足不出户
正好阅读，以梦为马

祁智叔叔选择
30 位著名作家

30 位作家选择
108 部重要作品

30 位特级教师
30 次专业指点

让还没看这些作品的小朋友
尽快知道并且阅读这些作品

让已看过这些作品的小朋友
加深印象并且深入理解作品

由片段，到全篇
由作品，到作家

精彩片段，一个个难忘瞬间
伟大作家，一次次生动讲述

祁智叔叔还写了与 16 位作家的详细交往
祁智叔叔还写了对 14 位作家的简单印象

还有许多著名作家，等下一次
还有许多重要作品，等下一次

一次次等待
一次次幸福

因为疫情，足不出户
正好阅读，以梦为马

目　录

曹文轩

草房子

青铜葵花

樱桃小庄

火印

祁智叔叔说曹文轩老师

我第一次见曹文轩老师，其实并没有见到。1985年夏天，江苏少年儿童出版社《少年文艺》编辑部在连云港开笔会。曹文轩老师说能够到会的，结果临时有事，没能来。

我第二次"见"曹文轩老师，是在1997年的电话里。刘健屏老师在上海开会，从人民文学出版社"抢"到他的一部作品。编辑过程中，我负责和曹文轩老师联系。

这部作品是长篇小说《草房子》。

真正见曹文轩老师，是在多次电话之后。他给我的印象是：阳光、得体、灵动，好像一个少年刚从水里上岸，站在草房子前的油麻地里。之后见得就多了。他喜欢先笑后开口："祁智啊——""智"卷舌，说话的人嘴唇都翘了起来。

如果发言，曹文轩老师会以带着盐城腔调的北京话这样开头："我以为——"北京大学教授、博士生导师曹文轩，从来不掩藏观点，善于亮出观点，而且坚持观点。

2004年深秋，我和曹文轩老师商定，他新写一部作品，连同《山羊不吃天堂草》《根鸟》《草房子》等，组成一个系列。

2005 年 4 月 19 日上午，新作如约而至。

这部作品是长篇小说《青铜葵花》。

这个系列是"纯美"。

4 月 19 日，我用一个下午读《青铜葵花》，写了审稿意见：

骨子里的优美是真优美。

骨子里的忧伤是真忧伤。

用乐观的目光看苦难是大苦难。

用苦难中的心境看快乐是大快乐。

作者沉稳而飘忽地道来，那场景、那人物、那日子，便如同水一样流淌，不事张扬，却又有着跳动的浪花以及似有似无的声响，这是灵魂的声音。

故事在感觉中展开，细密而舒朗。

感觉沉浸在故事里，孤寂而灵动。

人物，就在故事和感觉中站立起来，一路走来。

看似在昨天，又似乎在当下。

看似在当下，又确实在昨天。

而似乎可以看到，这人物和我们一路同行。

有悲悯的情怀是大情怀。

有苦难的岁月是大岁月。

一片生机。

一片感动。

1999年国庆前，第四届国家图书奖在北京颁奖，我代表出版社去领奖。束沛德老师告诉我，曹文轩老师的《红瓦》《草房子》，分别从成人文学组、儿童文学组脱颖而出。按规定，一位作者同一届只能有一部作品获奖，评委会必须忍痛割爱。评委会主任叶至善先生专门召集会议研究这个问题，最终决定上《草房子》。

给《草房子》颁奖的是吴阶平先生，他身旁的季羡林先生侧身对我说："《草房子》，我看过了。"

有一次，我和曹文轩老师在北大宿舍对面的茶社小聚。我对他说，我发起的"乡村阅读工程"大意是要推动乡村孩子阅读，"乡村阅读，阅读乡村"。

"祁智啊，我们之所以有今天，"曹文轩老师满眼悲悯，"就是比伙伴们多读了几本书！"

草房子

秃鹤的秃，是很地道的。他用长长的好看的脖子，支撑起那么一颗光溜溜的脑袋。这颗脑袋绝无一丝瘢痕，光滑得竟然那么均匀。阳光下，这颗脑袋像打了蜡一般亮，让他的同学们无端地想起，夜里它也会亮的。由于秃成这样，孩子们就会常常出神地去看，并会在心里生出要用手指头蘸一点唾沫去轻轻摩挲它一下的欲望。事实上，秃鹤的头，是经常被人抚摸的。后来，秃鹤发现了孩子们喜欢摸他的头，就把自己的头看得珍贵了，不再由着他们想摸就摸了。如果有人偷偷摸了他的头，他就会立即掉过头去判断：见是一个比他弱小的，他就会追过去让那个人在后背上吃一拳；见是一个比他有力的，他就会骂一声。有人一定要摸，那也可以，但得付秃鹤一点东西：要么是一块糖，要么是将橡皮或铅笔借他用半天。桑桑用一根断了的格尺，就换得了两次抚摸。那时，秃鹤将头很乖巧地低下来，放在了桑桑的眼前。桑桑伸出手去摸着，秃鹤就会数道："一回了……"桑桑觉得秃鹤的头很光滑，跟他在河边摸一块被水冲洗了无数年的鹅卵石时的感觉差不多。

桑桑的异想天开或者做出一些出人意料的古怪的行为，是一贯的。桑桑想到自己有个好住处，他的鸽子却没有——他的许多鸽子还只能钻墙洞过夜或孵小鸽子，心里就起了怜悯，决心要改善鸽子们的住处。当那天父亲与母亲都不在家时，他叫来了阿恕与朱小鼓他们几个，将家中碗柜里的碗碟之类的东西统统收拾出来扔在墙角里，然后将这个碗柜抬了出来，根据他想象中的一个高级鸽笼的样子，让阿恕与朱小鼓他们一起动手，用锯子与斧头对它大加改造。四条腿没有必要，锯了。玻璃门没有必要，敲了。那碗柜本来有四层，但每一层都没有隔板。桑桑就让阿恕从家里偷来几块板子，将每一层分成了三档。桑桑算了一下，一层三户"人家"，四层共能安排十二户"人家"，觉得自己为鸽子们做了一件大好事，心里觉得很高尚，自己被自己感动了。当太阳落下，霞光染红草房子时，这个大鸽笼已在他和阿恕他们的数次努力之后，稳稳地挂在了墙上。晚上，母亲望着一个残废的碗柜，高高地挂在西墙上成了鸽子们的新家时，她将桑桑拖到家中，关起门来一顿结结实实地揍。

纸月的外婆用手拉着纸月，出现在桑桑家的院子里时，是那年秋天的一个下午。那时，桑桑正在喂他的那群纯一色的白鸽。白鸽受了陌生人的惊扰，"呼啦"一声飞了起来。这时，桑桑一眼看到了纸月：她被白鸽的突然起飞与那么强烈的翅响惊得紧紧搂住外婆的胳膊，靠在外婆的身上，微微缩着脖子，还半眯着眼睛，生怕鸽子的翅膀会打着她似的。

白鸽在天上盘旋着。当时正有着秋天最好的阳光，鸽群从天空滑过时，天空中闪着迷人的白光。这些小家伙，居然在见了陌生人之后，产生了表演的欲望，在空中潇洒而优美地展翅、滑翔或作集体性的俯冲、拔高与穿梭。

桑桑看到了外婆身旁一张微仰着的脸、一对乌黑乌黑的眼睛。

白鸽们终于像倒转的旋风，朝下盘旋，然后又纷纷落进院子里，发出一片咕咕声。

纸月慢慢地从受了惊吓的状态里出来，渐渐松开外婆的胳膊，好奇而又欢喜地看着这一地雪团样的白鸽。

此后，一连几个月，桑桑有许多时间是在温幼菊的"药寮"里度过的。

温幼菊对桑桑的父母说："我已熬了十多年的药，我知道药该怎么熬。让我来帮你们看着桑桑喝药吧。"她又去买了一只瓦罐，作为桑桑的药罐。

红泥小炉几乎整天燃烧着。

温幼菊轮番熬着桑桑的药和她自己的药，那间小屋整天往外飘着药香。

一张桌子，一头放了一张椅子。在一定的时刻，就会端上两只大碗，碗中装了几乎满满一下子熬好的中药。温幼菊坐一头，桑桑坐一头。未喝之前十几分钟，他们就各自坐好，守着自己的那一碗药，等它们凉下来好喝。

整个喝药的过程，充满了庄严的仪式感。

桑桑的药奇苦。那苦是常人根本无法想象的。但是，当他在椅子上坐定之后，就再也没有一丝恐惧感。他望着那碗棕色的苦药，耳畔响着的是温幼菊的那首无词歌。此时此刻，他把喝药看成了一件悲壮而优美的事情。

七天后，桑乔亲自跟着桑桑走进厕所。他要亲眼观察桑桑的小便。当他看到一股棕色的尿从桑桑的两腿间细而有力地冲射出来时，他舒出一口在半年多时间里一直压抑于心底的浊气，顿时变得轻松了许多。

桑乔对温幼菊说："拜托了。"

温幼菊说："这将近半年的时间里，你们，包括纸月在内的孩子们，让桑桑看到了许多这世界上最美好的东西，他没有理由不好好吃药。"

一个月后，桑桑的脖子上的肿块开始变软并开始消退。

就在桑桑临近考初中之前，他脖子上的肿块居然奇迹般地消失了。

桑桑久久地坐在屋脊上。

桑桑已经考上了中学。桑乔因为工作出色，已被任命到县城边上一所中学任校长。桑桑以及桑桑的家，又要随着父亲去另一个陌生的地方。

桑桑去了艾地，向奶奶作了告别。桑桑向蒋一轮、温幼菊、杜小康、细马、秃鹤、阿恕……几乎所有的老师和孩子们，也一一作了告别。

桑桑无法告别的，只有纸月。但桑桑觉得，他无论走到哪儿，纸月都能看到他。

油麻地在桑桑心中是永远的。

桑桑望着这一幢一幢草房子，泪眼蒙眬之中，它们连成了一大片金色。

鸽子们似乎知道它们的主人将于明天一早丢下它们永远地离去，而在空中盘旋不止。最后，它们首尾相衔，仿佛组成了一只巨大的白色花环，围绕着桑桑忽高忽低地旋转着。

桑桑的耳边，是鸽羽划过空气时发出的好听的声响。他的眼前不住地闪现着金属一样的白光。

1962 年 8 月的这个上午，油麻地的许多大人和小孩，都看到了空中那只巨大的旋转着的白色花环……

摘选自曹文轩著《草房子》

青铜葵花

七岁女孩葵花走向大河边时，雨季已经结束，多日不见的阳光，正像清澈的流水一样，"哗啦啦"漫泻于天空。一直低垂而阴沉的天空，忽然飘飘然扶摇直上，变得高远而明亮。

草是潮湿的，花是潮湿的，风车是潮湿的，房屋是潮湿的，牛是潮湿的，鸟是潮湿的……世界万物都还是潮湿的。

葵花穿过潮湿的空气，不一会儿，从头到脚都潮湿了。她的头发本来就不浓密，潮湿后，薄薄地粘在头皮上，人显得更清瘦，而那张有点儿苍白的小脸，却因为潮湿，倒显得比往日要有生气。

一路的草，叶叶挂着水珠。她的裤管很快就被打湿了。路很泥泞，她的鞋几次被粘住后，索性脱下，一手抓了一只，光着脚丫子，走在凉丝丝的烂泥里。

经过一棵枫树下，正有一阵轻风吹过，摇落许多水珠，有几颗落进她的脖子里。她一激灵，不禁缩起脖子，然后仰起面孔，朝头上的枝叶望去，只见那叶子，一片片皆被连日的雨水洗得一尘不染，油亮亮的，让人心里很喜欢。

不远处的大河，正用流水声吸引着她。

她离开那棵枫树，向河边跑去。

她几乎天天要跑到大河边，因为河那边有一个村庄。那个村庄有一个很好听的名字：大麦地。

河上的风，掀动着男孩一头蓬乱的黑发。他的一双聪慧的眼睛，在不时耷拉下来的黑发里，乌亮地闪烁着。当小船越来越近时，他的心也一点一点地紧张起来。

那头长有一对长长犄角的牛，停止了吃草，与它的主人一起，望着小船与女孩。

男孩第一眼看到小船时，就已经知道发生了什么。随着小船的离近，他从地上捡起牛绳，牵着牛，慢慢地往水边走着。

葵花不再哭泣，泪痕已经被风吹干，她觉得脸紧绷绷的。

男孩抓住牛脊背上的长毛，突然跳起，一下子就骑到了牛背上。

他俯视着大河、小船与女孩，而女孩只能仰视着他。那时，蓝色的天空衬托着他，一团团的白云，在他的背后涌动着。她看不清他的眼睛，却觉得那双眼睛特别的亮，像夜晚天空的星星。

葵花从心里认定，这个男孩一定会救助她。她既没有向他呼救，也没有向他做出任何求救的动作，而只是站在船上，用让人怜爱的目光，很专注地看着他。

男孩用手用力拍了一下牛的屁股，牛便听话地走入水中。

葵花看着。看着看着，牛与男孩一点一点地矮了下来。不一会儿，牛的身体就完全地沉没在了河水里，只露出耳朵、鼻孔、眼睛与一线脊背。男孩抓着缰绳，骑在牛背上，裤子浸泡在了水中。

船与牛在靠拢，男孩与女孩在接近。

男孩的眼睛出奇的大，出奇的亮。葵花一辈子都会记住这双眼睛。

当牛已靠近小船时，牛扇动着两只大耳朵，激起一片水花，直溅了葵花一脸。她立即眯起双眼，并用手挡住了脸。等她将手从脸上挪开再睁开双眼时，男孩已经骑着牛到了船的尾后，并且一弯腰，动作极其机敏地抓住了在水里漂荡着的缆绳。

小船微微一颤，停止了漂流。

男孩将缆绳拴在了牛的犄角上，回头看了一眼葵花，示意她坐好，然后轻轻拍打了几下牛的脑袋，牛便驮着他，拉着小船朝漂来的方向游去。

葵花乖巧地坐在船的横梁上。她只能看到男孩的后背与他的后脑勺——圆溜溜、十分匀称的后脑勺。男孩的背挺得直直的，一副很有力量的样子。

水从牛的脑袋两侧流过，流到脊背上，被男孩的屁股分开后，又在男孩的屁股后汇拢在一起，然后滑过牛的尾部，与小船轻轻撞击着，发出咕嘟咕嘟的声音。

天下了一夜大雪，积雪足有一尺厚，早晨门都很难推开。雪还在下。

奶奶对青铜说："今天就别去镇上卖鞋了。"

爸爸妈妈也都对青铜说："剩下的十一双，一双是给你的，还有十双，卖得了就卖，卖不了就留着自家人穿了。"

在送葵花上学的路上，葵花也一个劲地说："哥，今天就别去卖鞋了。"进了学校，她还又跑出来，大声地对走得很远了的青铜说："哥，今天别去卖鞋了！"

但青铜回到家后，却坚持着今天一定要去镇上。他对奶奶他们说："今天天冷，一定会有人买鞋的。"

大人们知道，青铜一旦想去做一件事，是很难说服他放弃的。

妈妈说："那你就选一双芦花鞋穿上，不然你就别去卖鞋。"

青铜同意了。他挑了一双适合他的脚的芦花鞋穿上后，就拿起余下的十双芦花鞋，朝大人们摇摇手，便跑进了风雪里。

到了镇上一看，街上几乎没有人，只有大雪不住地抛落在空寂的街面上。

他站到了他往日所选择的那个位置上。

偶尔走过一个人，见他无遮无掩地站在雪中，就朝他挥挥手："哑巴，赶紧回去吧，今天是不会有生意的！"

青铜不听人的劝说，依然坚守在桥头上。

不一会儿，挂在绳子上的十双芦花鞋就落满了雪。

他无声无息地躺在地上。不知过了多久，他醒来了。他靠着草垛，慢慢地站起身来。他看到了葵花——她还在水帘下跑动着，并向他摇着手。

他张开嘴巴，用尽平生力气，大喊了一声："葵——花！"

泪水泉涌而出。

放鸭的嘎鱼，正巧路过这里，忽然听到了青铜的叫声，一下怔住了。

青铜又大叫了一声："葵——花！"

虽然吐词不清，但声音确实是从青铜的喉咙里发出的。

嘎鱼丢下他的鸭群，撒腿就往青铜家跑，一边跑，一边大声向大麦地的人宣布："青铜会说话啦！青铜会说话啦！"

青铜正从大草垛下，往田野上狂跑。

当时阳光倾盆，一望无际的葵花田里，成千上万株葵花，花盘又大又圆，正齐刷刷地朝着正在空中滚动着的那轮金色的天体……

摘选自曹文轩著《青铜葵花》

樱桃小庄

稻子终于开镰收割了。

风调雨顺，今年会有个好收成。秋天的阳光十分纯净，天空下是这个季节里特有的安静。许多树木已经落叶，草也稀疏了，天空变得轻盈了，世界好像变大了，变得辽阔了许多。大人小孩因丰收的喜悦而发出的笑声，听上去干干净净，毫无障碍地传播着。麻雀赶紧在还未收割的稻田里啄着稻粒，因为，过不了几天，这些稻子就会被收割，大地就会空空一片了。

麦田一家人都在忙碌。爸爸妈妈好像已经忘记了，几天之后，他们就会在樱桃小庄还未醒来的一个凌晨，不声不响地离开他们的家而去遥远的地方。他们磨刀、挥镰、将收割的稻子扎成捆、用扁担将这些稻捆担到场院里……麦田和麦穗就在收割后的地里细心地捡稻穗。他们要将每一粒稻子都捡回去。奶奶好像也被丰收的喜悦感动了，这几天，脑子居然变得比以前清亮起来了，一天三顿，好好地为辛苦收割庄稼的一家人烧饭做菜，脸上洋溢着欢乐的笑容。

从中午起，天就开始变脸。一场特大暴风雨一直在默默酝酿着。乌云在天边无声地聚集，就像无数面目模糊的黑色战魔从四面八方涌来，一旦得到指令，就会向城市的上空"呼啦啦""轰隆隆"地掩杀过来。低低的却令人恐怖的雷声，从下午四点开始，就在乌云深处响起，犹如那些随时准备扑杀的黑兽在喉咙里哼哼。五点，风开始刮起来，声势不大，但随之而来的雨点从一开始就很硕大，稀稀的，被砸的人脸却生疼、发麻。有雨具的人，没有雨具的人，都在一片惊恐慌张中奔跑着。仿佛有一个庞大的恐怖军团马上就要杀过来了，到处都是呼叫声。

麦田却站在一座大桥的桥头，一副无动于衷的样子，仿佛这一切与他毫无关系。他几次被疯狂躲避风雨的人撞得乱转。也有淡定的人，只是小跑着，偶然一眼，看到麦田像固定在那儿的树、木桩或柱子，就一边让雨点打着自己，一边在心里想：这孩子是个怪人，是个傻子。

很快，风更威武了，雨更狂暴了，它们纠结在一起，开始扫射、泼浇着地面上的建筑、树木和人。街上只有车辆在飞快地驶过，那情景犹如冒着枪林弹雨逃遁。街边的大树剧烈摇晃，树冠在风雨中摇动，就像一个人在发疯地甩动一头长发。到处传来树枝被活生生折断的声音、屋顶上一块铁皮被掀到空中的声音、路边一个路牌轰然倒地的声音……

麦田却依然站在暴风骤雨之中。

这是草原从单调的绿色往五彩斑斓过渡的季节。不同的植物，有的还勉强绿着，有的已经变成淡黄色、金黄色或淡褐色、深褐色。这里是草原，但已不完全是草原，会不时地见到一小片一小片的庄稼地。土豆、红薯和花生被早早地收获。被翻起的土壤黑油油的，横一道竖一道、东一片西一片地镶嵌在这说不尽的色彩之中。山坡上的树林，华贵而美丽。叶子已经开始转黄，一根根树干笔直地站立在也许只有草原才有的天空下——湛蓝，高飘，清爽，纯粹。

麦田和麦穗从未见到过这样的风景。他们从走进草原的那一刻起，就忘记了自己出来是干什么的、为什么会走在这条路上了。他们一点儿也不着急地走着，还不时地停下脚步，观看那些连在梦中都没有出现过的风景。

这是一条从这座山头飘向另一座山头的柏油公路，它不是蜿蜒的山道，一点儿也不让人感到艰难和险峻。当他们走在最低处去看高处时，那道路就像一直通到天上，与飘动的白云挨在一起，甚至通到白云生处。看向两边，要么还是起伏不平的草地，要么就是深深的山谷。而山谷走过去又是草地或是树林，树林的那边又是山，山后面还是山，还是山，还是山……

麦田和麦穗总不时地向一片苍茫处眺望。

摘选自曹文轩著《樱桃小庄》

火印

太阳已经落山，从山峰背面喷射到天空的万道光芒，像无数支金箭齐发，在一天结束之前，上演着最后的辉煌。

坡娃赶着羊群，已开始回家。不时地，他会禁不住向西边看上一眼。他心里明白，此时大山的后面藏着一轮太阳——一轮很大很大、很红很红的太阳。他想象着那一刻太阳的样子，心中有一种强烈的愿望：向西跑去、跑去，登临顶峰，然后俯瞰太阳在峡谷中徐徐坠落……但他心里知道，这是根本不可能的，因为还未等到他跑到山脚下，太阳早就入土了。

金红色的光芒在不住地变短，亮度也在不断地减弱。坡娃环顾四周，看到的只是万顷寂静——草原已经开始悄然等候夜晚的降临。

坡娃挥起长鞭，随即空中爆发出一记清脆的"噼啪"声，它告诉羊们：走快点儿！

跑到一旁去玩耍的黑狗，立即收回心思，快速跑到羊群的后面，熟练地配合着主人。它"汪汪"叫了两声，将几只散漫的羊赶回羊群。又沿着羊群的边缘催赶一阵之后，它跑到了羊群的前面，做出一副要率领羊群快点儿回家的样子。

一只只羊都吃得肚子圆滚滚的，走得有点儿费力。不一会儿，黑狗就与羊群拉开了一段长长的距离。它回头看了看羊群，又"汪汪"叫了两声，但并没有往回跑，而是继续朝这座矮山的山头跑去——它要在那里等着羊群。

晚风从东面吹来，带来隐隐约约的歌声。

雪儿将本来低垂着的脑袋抬了起来，迎接晚风中的歌声。

那歌声在它听来如此熟悉、如此亲切。雪儿记得，这是坡娃即将赶着羊群回家时的歌声。那时，坡娃骑在它的背上，看着羊群肥嘟嘟地在霞光里移动，想到一天的放牧即将结束，即将暂别这片草地，就会高兴地唱起来。声音震动着他的身体，又把这种震动传至它的身体，痒痒的，让它感到惬意。它竖起双耳，微微转动，企图转向坡娃，以便能清晰地听见主人的歌唱。好在坡娃会越唱声音越大，它能听得清清楚楚。唱着唱着，他会停下来喝一声："走啦！我们回家啦！"羊群掉转方向，走上了回家的路，他又接着唱。每一次唱的，都不一样。像野狐峪的其他孩子一样，坡娃会唱很多很多歌。这些歌，有些是草原上唱了一年又一年的老歌，是从爷爷奶奶那里学来的，有一些是他们即兴编的歌。野狐峪的孩子几乎个个会编歌，见什么唱什么，唱了也就忘了。他们唱时，并不在乎腔调，只是觉得痛快就行。那些歌是新的，常又是重复的，总会出现天空、草原、河流、湖泊、大雁、羊群、树林与各种各样的鸟，也会唱到高粱、玉米、燕麦、南瓜和土豆。雪儿听着，以不紧不慢的速度，驮着它的小主人走向野狐峪，那时的野狐峪，已升起炊烟。炊烟在峡谷里飘散，与霞光融为一体，一家家的牛群、羊群，在络绎不绝地走回村里……

歌声就在山那边。

　　坡娃的眼睛渐渐睁开了一些，他觉得眼前是一片朦朦胧胧的墨绿色，既不是蓝色的天空，也不是自家的房顶。他很想搞明白自己现在在哪儿，可是眼睛又合上了。隐隐约约的，他觉得有人来到了他身边，好像还不是一个人。他们在说话，说了什么，他听不清楚。好像是一个女人的声音："他快要醒来了。"又是一个男人的声音："他会很难过的，好好安慰他。"

　　坡娃又沉到一片迷迷糊糊之中。在这片迷迷糊糊中，他一忽儿听到了炮声，一忽儿看到了房屋的倒塌，一忽儿闪过爸爸妈妈的面孔，一忽儿看见了雪儿，还有它的孩子，那匹和雪儿长得一模一样的小马驹……

　　四周好像很安静。

　　他想清醒过来，好好看看四周，但迷迷糊糊的，就像在梦中一样。他不想做那个梦了，可是由不得他，他还要继续做那个梦。他没有力气了，就这样昏昏沉沉地将梦做下去吧。这样也好。一切都又淡去，淡去，什么也没有了……

　　他再次醒来，已是这天的黄昏。这一回，他是真醒来了。他发现自己躺在一顶绿色的帐篷里。他侧脸看了看两旁，看到还有好几张床，那上面躺着的人，都是一张张陌生的面孔。他们见他醒来了，都朝他微笑着。

　　雪儿闪电一般冲入战场，小哥的身体一会儿侧向左边，一会儿侧向右边，一手抓握缰绳，一手拿着枪，将子弹一颗一颗地打出去。他看到，一个一个的日本骑兵从马上栽倒在地上，而他却因雪儿极快的奔跑速度，屡屡躲过了日本骑兵的暗算，向他射来的子弹，总是打偏；而那些挥着战刀向他扑来的日本骑兵，总是将战刀劈在空气里，甚至因为用力过猛而身体失控，跌落下来。他偶然一瞥，从一个扑空的日本骑兵眼中看到了无尽的困惑。

小哥无比自如地驾驭着雪儿，在战场上纵横驰骋。有一阵，他竟忘记了他是在和他的战友们一起与敌人厮杀，而一心一意地在雪儿的背上感受着风驰电掣般的快意。他甚至还在将一个日本骑兵从马上射杀下来之后，勒马停住笑了笑，还抽空看了一眼西边那轮马上就要落下去的太阳——那太阳特别特别的大。

"复仇！伙计！复仇！"小哥不住地向雪儿说着，与敌人厮杀让他感到了莫大的快意，"你究竟是一匹什么马呀？我还从未骑过像你这样的一匹马呢！"当他与他的战友擦肩而过时，他似乎有些骄傲地给了战友一个眼神：瞧瞧我身下的这匹马！多快！

躲闪、避让、冲刺、奔突、停顿、回旋、穿行、跳跃、立起……力量、速度、英勇和智慧，都汇聚在这一人一马身上了。

摘选自曹文轩著《火印》

江苏省特级教师

樊智涛　出题

1. 曹文轩笔下塑造了许多具有乡野气息的农村少年，他们有着鲜明的个性、丰富的情感和美好的品质。请选择上述小说中的一个人物，结合作品内容谈谈你的阅读感受。

2. 曹文轩的作品中，不仅人是温情的，一草一木、一鸟一兽也有灵性，给人以美的阅读享受。下面是同学摘抄的部分语段，请你帮助他完成阅读笔记。

摘抄语段 1——

　　鸽子们似乎知道它们的主人将于明天一早丢下它们永远地离去，而在空中盘旋不止。最后，它们首尾相衔，仿佛组成了一只巨大的白色花环，围绕着桑桑忽高忽低地旋转着。（《草房子》）

【阅读欣赏】＿＿＿＿＿＿＿＿＿＿＿＿＿＿＿＿＿＿

＿＿＿＿＿＿＿＿＿＿＿＿＿＿＿＿＿＿＿＿＿＿＿＿＿

摘抄语段 2——

　　晚风从东面吹来，带来隐隐约约的歌声。

　　雪儿将本来低垂着的脑袋抬了起来，迎接晚风中的歌声。

　　那歌声在它听来如此熟悉、如此亲切。雪儿记得，这是坡娃即将赶着羊群回家时的歌声。（《火印》）

【阅读欣赏】＿＿＿＿＿＿＿＿＿＿＿＿＿＿＿＿＿＿

＿＿＿＿＿＿＿＿＿＿＿＿＿＿＿＿＿＿＿＿＿＿＿＿＿

金曾豪

三个男孩和七个秘密

阳台上的船长

苍狼

祁智叔叔说金曾豪老师

江南的细腻与温婉
催发每一个故事和细节
无声行走，不好喧哗
呢喃如雨，明亮如灯

三个男孩和七个秘密

　　鱼鹰在江南被唤作水老鸦，用鱼鹰捕鱼的小船就叫老鸦船。老鸦船很小巧，活灵灵的像只鸭子。船只载一人，人坐在后艄，船头就翘起来，整个儿有了一个向前冲的架势。船的两舷各挑出三四根两尺左右长的树枝，每根树枝上栖一只鱼鹰。鱼鹰一身黑羽，比鸭子大得多，长长的带钩的喙，亮晶晶的眼珠，嗉囊宽宽地垂在脖子上，一鼓一鼓的，像在生气。为了便于潜水，鱼鹰的羽毛不防水，它们抽空就会展开翅膀来一扑一扑地晾晒。鱼鹰下水前，放鹰人会在它们的脖子上加一个软箍，使它们吞不下稍大的鱼，只好把鱼缴到船上来换豆腐吃。

　　在这样高大俊朗的白马面前，大河竟然觉得有点寒酸，又有点自豪，因为这是来自南通的马呀！

　　大河说："我可以摸摸它吗？"

冯力说："可以的。来，摸它，别怕。"

大河走近去，伸手，用手掌小心地贴在马的肩膀上，马上感觉到了温暖，感觉触到了皮肤里面的肌肉——肌肉轻轻跳动了几下。

冯力拍拍马的脸颊，说："奥立克，你的小老乡来看望你了。"

马似乎听懂了，侧过头看了一眼大河，好像在问："说的是你吗？"

大河有些感动，说："冯哥，刚才你叫它啥？"

"奥立克，我给它起的名字。"

"奥立克？"

"这是一部苏联电影里的一匹战马的名字，原来都叫它老白头，太随便了，它应该有个名字对不对？"

修船场的湖滩上已经有了几条上岸待修的老破船，好像比连屏荡还老，倒扣着，露出斑驳的船底，就像趴着的伤痕累累的老兵。

场上没见毛团，冯力和大河就进了工棚。

工棚的空气里弥漫着木材的带有微酸的香味，一个角落有一群人围着一只桌子在商量什么事，另一角落有人在用大锯锯解树段，用三段粗壮的树段组成一个一米多高的三角架，上面像大炮一样斜搁着一摞又粗又长的树段。树木的皮已被剥掉，上面弹上平行的墨线。拉大锯由两个人协同，一个弓步站在倾斜的树上，另一个躺在地上，你推我拉，亮闪闪的锯片便在滋滋声里一点点锯开树段。

大河眼尖，认出躺在地上拉大锯的人就是毛团。

为防止木屑掉进眼中，毛团戴了一副"风镜"，赤裸着上身躺在木屑里，初成规模的胸脯随着大锯的推拉而起伏。

不知为什么，看到毛团这个样子，冯力的怒火熄灭了。

不知为什么，看到毛团这个样子，大河的怒火熄灭了。

这个真有点怪！

小划子离船场够远了。小宁让毛团放下桨，也躺到舱里来。这船够小的，三个男孩在舱里，就像罐头里的沙丁鱼。

这是个多云的夏日，仰躺在低于水面的舱里，能见的只有流着白云的蓝天，能听到的只有波浪拍击小船的吃吃声，当然，看到的和听到的还有一群飞过天空的叽喳叫喊的鸟。

小宁说："闭上眼睛，说说，听到的波浪声像什么声音。"

毛团说："挺像小猪崽吃奶的声音。"

大河说："低分。照你这么说，这条船就是一头老母猪了，腻味不腻味啊！"

毛团说："那你说。"

大河想一想，说："这声音像蚕在吃桑叶，这很浪漫对不对？"

毛团夸张地哇哇叫："低分。桑叶，那么多蚕吃我们，好痛啊！"

小宁说："静一下，听我的比喻。这像天鹅拍动翅膀的声音，我们正躺在天鹅的背上。"

毛团吹一声口哨："想得美。摔下来，成肉饼了。"

……

大河说："都静下心来。"

毛团说："漂出多远了？我想撒尿。"

大河说："不许提人间俗事。你看小宁多安详……小宁，睡着了吗？"

小宁说："哎呀，可惜，本来我已经把船变成一朵云了，正要羽化飞去，被你们吵回来了。"

摘选自金曾豪著《三个男孩和七个秘密》

阳 台 上 的 船 长

大冯第一回单独出现在楼道里时手里举着一把大芭蕉扇。那天太阳很辣。

大冯一口气从一楼跑到五楼，从五楼跑到一楼，发现这幢住宅楼的人家都紧紧地关着门。

"嗨！嗨！"大冯大喊了几声。

尾随而至的大冯爸爸小冯赶紧来制止他："小孩子，不要吵闹人家。"

大冯说："人家不在家嗨！"大冯以为大白天关着门的屋子是一

定不会有人的。

小冯说："你怎么知道别人不在家？"小冯知道儿子把这里当作葫芦湾那样的小镇了。葫芦湾镇在白天是家家不关门的。

好像要证明小冯的话，202 房间的门开了。一个穿红裙子的小姑娘出现在门框里，眼睛圆圆的，看着大冯手里的大芭蕉扇就像在看外星人。

大冯说："我是冯洋，葫芦湾来的！"

小姑娘说："什么葫芦湾呀？"

大冯冲着小姑娘说："不知道葫芦湾啊？笑死人了！"大冯的嗓门很大，在楼道里引起了嗡嗡的回声。小姑娘不习惯别人这样对她说话，哼了一声，说："拉倒吧！"意思是：葫芦湾有什么了不起的！葫芦湾对大冯很重要，他一生下来就生活在那里。葫芦湾是山里的小镇，那儿有他的外婆和小舅舅。

大冯还想和小姑娘说话，可小姑娘已经把门关上了。门有两道，一道是包着铝皮的木门，一道是丁零当啷响的防盗门。

看见沙堆，大冯欢呼一声冲上堆顶，学一声枪响，装作中了弹，手摁胸口，摇晃几下，訇地倒了，随即从堆顶一直翻滚下来。这一连串动作有声有色，活灵活现，轰轰烈烈。大冯这家伙一上场就把城里孩子比蔫了。

沙堆上的孩子是理当更像孩子的！

大冯选定了一处比较平缓的沙坡，去树阴下取来梅丽留下的那只小板凳，将沙坡上的干沙子刮去，弄出一片稍稍有点湿的很平坦的沙坡来。大冯脱了 T 恤衫，挺直了身体，仰面平躺下去，然后招呼大家把他小心抬走。沙面上就留下了一个清晰的身体印子，仔细看，连肩胛和屁股片儿都是有的。大冯又印了一个正面的，把脸也用力压进了沙里面——这时候可不能呼吸噢！这第二个仙人印子的精彩之处是在脸部。瞧！眼睛、鼻子、嘴巴都是清清楚楚的呢！

这天一大早，大冯一走到阳台就远远地看见了大草坪上的梅丽。梅丽穿了一条红裙子，在草坪上轻轻盈盈地奔跑——原来她是在追赶一只猫呢！随着望远镜焦距的调整，大冯看清楚了，那根本不是一只猫，而是一只小白兔。大冯很吃惊：原来城里人也养兔子啊！

梅丽跟着小白兔向大冯这边跑过来。看得出她并不真想逮住兔子，而是跟兔子追着玩呢。她发现了阳台上的大冯，马上挥着拳头抗议："不许你对着我！不许你对着我，听见没有！你……"她的意思是不让大冯用望远镜瞄准她。

大冯喊："我看小白兔呢，关你什么事！"

梅丽喊："小白兔是我的，也不许你看！"

大冯怕梅丽离开草坪，妥协了："好了好了，我不看了。"

阳光下的绿草地，飘动的红裙子，蹦跳的小白兔……这可真是电影镜头哩！

几分钟后，大冯出现在草坪上。大冯背着手，慢慢地走，一副斯文的样子。梅丽不再奔跑，抄着手，像是一个牧羊女。那只小白兔就在梅丽身旁转悠，东嗅嗅西嗅嗅的，像在草丛里寻找什么食物。

梅丽说："喂，别过来！小白兔逃了你要负责的。"

大冯坐在草地上，唇间发出"吱吱"的声音，眼睛却望着天空。

小白兔听到了"吱吱"的声音，愣了一会，举起前爪直立起来，长耳朵灵活地转动着。大冯学的是兔子叫，小白兔是在寻找同伴哩。

摘选自金曾豪著《阳台上的船长》

苍狼

"陷阱就是死亡。"这是狼的先祖传下来的谶语。落入陷阱的狼会因惊吓过度而长时间处于痴呆状态，人可以徒手擒住它们，打死它们，而不会遭到它们的反抗。

但是，这一规律却不再适用于这条母狼。它落入陷阱已久，已经从惊吓中缓了过来，更重要的——它是一条呵护着小狼的母狼。母爱是可以战胜惊吓的，是可以产生出勇气、力量和智慧的。

人的转身动作使母狼恍然记起那只野兔的"两级跳跃"。在被困的这些日子里，它多次想仿效野兔而未能成功。它确实不能跳到坑壁上那个突出处实行第二次跳跃。之后，它偶然想起了堆土的办法，可是不行，干松的土没法堆得更高，一踩上去就四下坍塌……

　　母狼的目光停留在人的肩上。这人的肩膀比那个突出处要低许多，若从小土丘上起跳，它是有把握达到那个高度的……

　　逃犯转身向上跳跃——他的手指勉强碰到了他的包，却没法抓住。他回头看了一下狼，见狼并无反应，便丢了衬衫，伸左手扳住了那个突出处，想在起跳时来一个配合的引体向上的动作，使自己跳得更高些。

　　母狼抓住了这个机会——冲击，在小土丘上起跳，在人的肩膀上第二次起跳……

　　母狼成功了！

　　它们决心冒死渡过海峡回到它们真正的家园。

　　打头的是母狼，接着是大哥、二白、三丁儿和小拐子。

　　它们紧张地在水中昂着头，游得很吃力。

　　仿佛接到了秘密情报，那只孤独的鹰突然出现在碧蓝的天空。

　　鹰在空中盘旋，一圈比一圈低地向海中的浪压下来。

　　每一条狼都听见了鹰翅剪开空气的不祥的啸音。

　　母狼仰首观察，厉声发出警告。除了母狼之外，其他的狼现在都衔着一条尾巴，不能发出一点声音。只要一条小狼一张嘴，这个队伍就会折断。狼不善水，特别是年幼的小狼，只有这么同心协力、相互帮助，才有到达彼岸的可能。

　　母狼把队伍拉直了，严厉地叫了一声——向前游，不能停！别松口！

　　鹰锋利的爪子把仇恨的灼烫和死亡的冰冷同时插进小狼的肋骨，

鹰用力拍击翅膀想把小狼抓离海面。

小狼的身体在水面上被三个方向的力量拉成拱形。

每一条小狼都没有松开嘴。鹰是无论如何不能把五条狼同时提离水面的，但它弯钩似的爪子一时也未能从小狼的肋骨缝中挣脱出来。这样，鹰就处于进退两难的尴尬境地。它拼命地拍着翅膀，拼命地撕扯着小狼……

母狼掉过头来，向鹰迎头喷出一口海水。鹰被腥咸的海水呛得晕头转向，猛觉得翅膀触及了水面——糟糕！

如果鹰再迟一点挣脱出爪子，它就有可能重演同伴的悲剧。它终于挣脱出了爪子，大失体统地跌滚了几下才稳住，向天空逃去。空中飘着几片惊慌的羽片，小狼大哥已经死去，可它的嘴巴依旧没有松开！

山林在海的那一边紧张地注视着这条生命之链。

这条生命之链在海面上划出一道鲜红……

摘选自金曾豪著《苍狼》

江苏省特级教师

蔡明　出题

1. 谈谈《三个男孩和七个秘密》中比喻手法的应用。

2. 在《阳台上的船长》中，如果"小白兔"这个"第三者"从大冯和梅丽之间消失，故事会不会更好玩？

刘健屏

今年你七岁

眼睛

爸爸，原谅我

我要我的雕刻刀

祁智叔叔说刘健屏老师

"我找祁智。"

"我……就是。"

"你好，我是刘健屏啊。"

"你好，刘——"

刘健屏老师和我的这段对话，发生在1984年某个冬日的黄昏。暮色苍茫里，他的长相比年纪老，他的声音又比长相老。带有苏州口音的普通话，不管卷舌不卷舌，一律卷到底。

我一脸茫然："刘健屏"是谁啊？

刘健屏老师从十分自信陡降到十分尴尬，嘴唇上横着的胡子好像要竖起来。他问我："你是不是给《少年文艺》投过稿啊？"

我当时在中学做教师。学校阅览室有《少年文艺》，我按照上面地址投了一篇散文。

"我编小说。分发稿件的老师把你的稿子给了我。我一看是散文，给了管散文的编辑。"刘健屏老师说。

"噢——"我有点转不过弯。

刘健屏老师说："我觉得你很能写，所以来看看你。"

他留了一个电话给我。然后，推动自行车，左脚板踏上这边的脚踏；右脚尖猛地一点，右腿抡了一个很夸张的半圆；人重重地落到座凳上，耸了一下；右脚板踏上那边的脚踏，用力踩下去；身体向前一拱，自行车射了出去。前面是带弯的下坡，自行车侧着掠过——他像骑在燕子上，切入车水马龙。

第二天，我恰好看到一篇儿童小说《漫画上的渔翁》，作者就是刘健屏。我这才知道，昨天傍晚来找我的人是谁。

1985年夏天，我接到《少年文艺》的邀请，参加连云港笔会。我和刘健屏老师来往多了起来，见闻也多了。

我去刘健屏老师家。美丽贤淑的吴大姐，在包漂亮饱满的馄饨；和板凳差不多高的儿子（刘健屏老师的著名长篇小说《今年你七岁》中的原型）钻到板凳下，用苍老的嗓子唱着不成调的童谣——很惊悚，四五岁的儿子有着八九十岁老人的嗓音。刘健屏老师在书房写小说。他小说写得阔绰，桌上铺一整幅白纸，直接拿铅笔在上面书写。

2017年冬天，我在南京夫子庙小学上课外阅读课：阅读《今年你七岁》。课上，我连线了金波、高洪波、曹文轩、张之路、秦文君、沈石溪等老师，他们最早都是刘健屏老师的作者。他们愉快地回忆与刘健屏老师交往的经历，谈论《今年你七岁》出版后产生的影响。

孩子们很开心。他们熟悉金波、高洪波、曹文轩、张之路、秦文君、沈石溪等老师的作品。现在，这些老师钻进了教室。

书里是小的，书外是大的。

"哈哈，没想到……"刘健屏老师一边听课，一边笑着对黄蓓佳老师说。

教室里是小的，教室外是大的。

有人问我，如果用一句话评价刘健屏老师，该怎么说。我不假思索：赶时髦——

举重、拳击、跳交谊舞、唱卡拉OK、打牌、打乒乓球、驾车……刘健屏老师在玩上永远比别人领先一步，他的生活因此五花八门、姹紫嫣红。

那天，我见到刘健屏老师。他留着一嘴的胡子，背着一肩的东西，像蒙着假面刚作过案。

"打高尔夫。"刘健屏老师说。

今年你七岁

哦，5 点 40 分！你早就想守住这个令人快活的又不可捉摸的时刻了！昨晚，你迷糊得睁不开眼，困得东倒西歪，可嘴里还老是念叨着这个时刻，直到疲倦彻底征服了你，你再也没有力气操这份心为止。这个时刻，对你来说实在太玄乎，太奇妙，也太重要了！只是刹那间，你突然一下子长大了一岁；而因为这一岁，你就可以进小学读书了！

你伸出自己的手，端详了一会儿，大概想看看是不是变大了一点；又低头活动活动你的脚趾，试试你的鞋，你可能以为你的鞋变小了，你的脚突然穿不进去了；你又走到身高量度表前量了一会儿，你也许指望你一下子长高了一截……

你很快发现，在这神秘的刹那间，你什么也没有变！手还是那么大，鞋子穿进去依然合适，身高和昨天一模一样。

"能数到 100 吗？"

"能。我还能数到 1000 呢！"

"好极了，你数吧！"

我盯着你，心里在为你捏着把汗。你真能数到 1000 吗？在家里我好像只听见你数到过 100，而现在你却夸口说能数到 1000，这 1000 是随随便便就能数到头的吗？

只见你吸足一口气，眼睛仰望着天花板，显然是为了显示你的熟练，开始不带任何停顿地数：

"1，2，3，4，5，6，7，8，9，10，11……"

数到 20，你就接不上气了。你也许生怕老师以为你数不下去了，慌慌张张地咽下一口唾沫，想乘机吸进一口空气继续数，可这口唾沫你咽岔气了，你呛了起来。令我敬佩的是，你一边呛一边还在顽强地数：

"21，咳，22，咳……23，咳咳……"

你咳得脸都憋红了，脖子上暴起了青筋。

"好了，好了，"老师吓得连忙阻止你，"慢慢数，别着急。30 以后加 5 数，行吗？"

你翻了翻你的眼睛，终于缓过气来："30，35，40，45，50，55，60……"

几乎没有一天是例外的。你妈妈总把你收拾得干干净净、整整齐齐的让你去上学，可你每天回家，没有一次不弄得邋邋遢遢、歪歪扭扭的。就是上幼儿园那几年也这样。我真不明白，你是去上学，又不是去捡垃圾、扒煤灰，何以天天搞成这副样子？有时候为了到朋友家去做客或带你去什么地方玩，你妈妈常常会因为一时找不到一条完好的裤子而又难堪又恼火。再新再好的裤子到了你的身上，不出三天，有时索性当天，不是这个地方划了个口子，就是那个地方磨了个洞。就像你的那一大堆玩具，我已无法从中挑出哪怕是一件完好无损的了——望远镜是独眼的，溜冰鞋分别少了两只后轮，飞机只有机身却没了双翼，电动的指挥车、上发条的坦克早已处于永远的休战状态，至于那些熊猫、猪、猴等玩具更是惨不忍睹，一概成了断胳膊少腿或没了尾巴掉了耳朵的残疾动物。

摘选自刘健屏著《今年你七岁》

眼睛

钱明明沉浸在一种自我牺牲的亢奋之中。

月明星稀，晚风微煦。

钱明明的父亲去工厂上夜班了，他一个人在家里早早地上了床。

窗外的院子里种着几簇丁香树，紫色的、白色的花朵已缀满了枝头。有几根花枝几乎伸进窗子，夜风中，它们轻轻摇曳着，慷慨地而又无声无息地向房间里播撒着浓郁的清香。月光也透过窗，悄无声息地流到了房间里的地上、床上、桌子上……月光和花香融为了一体，月光像是花香所具有的颜色，花香像是月光散发出来的芬芳。

钱明明被月色沐浴着，被花香覆盖着，他的心完全被一种柔软和温馨的情感笼罩了。

"渴，渴……"

"水，水……"

迷糊中，他在喃喃地呼唤着。

"明明，醒醒！明明……"

蒙眬中，他仿佛听到有人在喊他，但声音是那么轻，那么遥远。同时，他感觉到有什么东西搁在了他那干燥的唇上，他不由启开了嘴唇。

顿时，一股清凉的汁液溢满了他的口腔，滋润着他的喉头。他感到舒服极了，仿佛在无边的大海里看见了一叶白帆，在荒芜的沙漠里遇到了一汪甘泉。

他慢慢地吸吮着、吸吮着……渐渐地，明明清醒了。

摘选自刘健屏著《眼睛》

爸爸，原谅我

当我揭开罐盖——奇迹出现了——瓷罐里竟安安稳稳地躺着一个纸包！

我的呼吸顿时急促起来，纸包里会是什么东西呢？我抖着手打开一看，呀，一大包"枣儿"！这枣儿比一般的枣儿大，黄里泛着红色，还像浇了一层蜜似的粘在一起发亮。我忍不住掰了一颗，拿在手里看了又看。我凑近鼻子闻闻，香的；伸出舌头舔舔，甜的。这一闻一舔却使我饿得更厉害了，满肚子的馋虫一个劲地往舌尖上爬，这馋虫又变成了口水，我不由吧嗒起嘴巴。饥饿的折磨、枣儿的诱惑，使我实在忍受不了，我对着枣儿咬了那么一星星。呵，多甜哪！这一星星枣儿在我嘴里咀嚼来咀嚼去，越嚼越有味道，在当时，我绝对不相信世界上还有比这枣儿更好吃的东西。

河水很清，缓缓地向东流着。顺着流水，我往远处望去，那里就是小镇，看得见高低不平的白墙头的房子，看得见环龙大桥，看得见耸立在镇中心的七级古塔，还看得见一棵高高的银杏树——我家的屋子就紧挨在这棵树的边上。这树粗极了，我们姐弟三人拉着手还抱不过来，听老人说，它有好几百岁了。只是好多年前一个响雷打中了这棵树，奇怪的是这树一半死了，一半居然还活着，死了的一半枯朽后成了一个洞，我们常躲进去玩。这时，太阳已沉下地平线，暮色更浓了。我忽然感到自己寂寞、孤独极了，周围没有朋友、没有伙伴、没有温暖，只有饥饿、空野、冷飕飕的风……我感到自己的出走是多么荒唐。

摘选自刘健屏著《爸爸，原谅我》

我要我的雕刻刀

眼睛是心灵的窗户。从我面前这一双不大但很明亮的眼睛里，显露出了他的与众不同。

对于他，是很难从心理学的角度来考察他的个性气质的，说他是活泼好动的多血质不尽其然，说他是沉稳喜静的粘液质也不准确；当然，他既非急躁鲁莽的胆汁质，更非脆弱多愁的抑郁质。活泼而又沉静，热烈而又冷漠，倔强而又多情，竟是那么奇妙地糅合在他的眼神里。

就是这一双眼睛，当别人聚精会神地注视着什么，或正严肃认真地倾听着什么的时候，他常常会表现出一种漫不经心的神情，甚至会闪过一丝狡黠的不屑一顾的微笑；当别人面对着某个人，或谈论着某件事而爆发出哈哈大笑，显得乐不可支的时候，他又常常凝眸远望，像在默默沉思着什么重大问题，一点也不为别人的情绪所感染……

对一个初二的学生来说，他实在是太成熟了，太与众不同了。

晚风吹拂着我滚烫的脸颊。街灯亮了。

时代是能改变人的。是的，他又变过来了。新的时代、新的生活，使他重新燃起了对生活的热情，他又开始对生活充满了信心。而且，对自己的孩子也有着一种与众不同的奇特的要求。

可是，我却没有变。

当我重新走上教育岗位，我却又自觉不自觉地沿用我以前所习惯的一切，来教育和要求如今的孩子。

我为什么总希望自己的学生千篇一律地服从我，对唯命是从的学生报以青睐，而对不太听话但有主见的学生予以冷落呢？在他们可塑性最大的年岁，我难道真的还像一把锉刀，在用自己的模式"锉"着他们？

惯性，可怕的惯性！

老师有时候也会犯下不可饶恕的过错，虽然这种过错不一定造成孩子肉体上的伤亡……

摘选自刘健屏著《我要我的雕刻刀》

江苏省特级教师

刘红　出题

1.《今年你七岁》中，面对"上学"，父子的心情各是怎样的？作者又是怎样来表达心情的？

2. 如果你遇到《我要我的雕刻刀》中的"锉刀"，你会怎么做？

韩青辰

因为爸爸

小证人

龙卷风

莲蓬

祁智叔叔说韩青辰老师

警察的职业，作家的身份
真实得让人知道什么才是真实
每一个文字，都能砸出火星
刚柔并济，直抵人心

因为爸爸

金果不反抗、不挣扎、不吱声,他成了一个没有感情的物体。或者刚刚那么一顿闹,他耗尽了全部力气和感情。现在,他木愣愣、痴呆呆、机械地跟着妈妈。唉!这一切都是他所讨厌的,他宁愿这个人不是他。当他们走过一根一根灯杆,柠檬黄的路灯一处一处把他从漆黑的雨幕中照亮,他感到了一丝羞愧,内心深处沮丧地想:刚刚在操场上胡闹的人不是我,在楼道上凶妈妈的人不是我,在校园里哇哇大哭的人不是我,不是我不是我,统统不是我。

整整一天,四(1)班没有一丝喧闹。崔雨阳一直在本子上写东西。她用左手捂着写出来的字。她的脸像在跟人吵架一样涨得通红,不时地咬一咬笔头。王佳琪和丁戈相安无事,他们一起垂头丧气地趴在桌上,一起冲着那棵最古老的银杏树祈祷。他们希望金果爸爸飞往天堂，金果快点好起来。痛苦的火苗在骨头里乱窜，没有出路，他们第一次要忍受这种憋闷、委屈和愁苦，幸好眼睛和眼睛之间、心灵和心灵之间可以交流、分担。

金果听话地抹抹脸，吐了口气。现在他是特别行动队的，他负责去救爸爸。他努力平静地去看窗外的花田，默默念叨，爸爸快点好起来吧，果果来了，果果这就来看你……他想起这个春天频频跟爸爸闹别扭，想起元宵节和生日会，想起爸爸胡子拉碴、疲惫不堪的脸，爸爸紧紧搂着自己的胳膊和热腾腾的怀抱，爸爸总喊苦死了累死了。原谅我，爸爸！果果太任性太自私……一串眼泪又热辣辣地滚出来，金果以最快的速度擦去。不哭，哭会带来坏运气，妈妈从小就这么教他。他努力咧开嘴，想冲那些轰轰烈烈的花朵笑一笑，请你们借点生机给我爸爸好吗？他忍不住像电影上的人那样双手合十、俯首祈祷。

林叔叔抱着爸爸的骨灰盒上车，妈妈搂着金果紧跟其后。金果乖巧地跟着妈妈，走着走着，他抬头问妈妈："以后爸爸什么时候回家啊？"

妈妈愣住了，她对着金果的脸很响地哭起来，"呜呜——我的傻果果！"

妈妈把头埋在金果肚子上，好像那里藏了一扇窗，而她正在试图找到它。金果惊慌失措地抚摸着妈妈。

"怎么啦？"大姑和小姑跑过来。

"果果问我爸爸什么时候回家。"

林叔叔苦着脸将金果抱上车，他的脸红红肿肿，而他宽阔的胸膛里似乎正有万马齐喑。汽车动起来，广场迅速地后退。一团又一团浓烟飞上天。忽然，蓝白色的天空出现一道乌龙，它又直又长，勇猛强悍，紧紧追随着金果。

✏

黄头发停在一个抱婴儿的年轻妈妈身边，婴儿开心地吐泡泡，在跟妈妈玩碰碰头游戏，母女俩玩得很开心，丝毫没有意识到危险。车厢里的人多数在低头玩手机。几个年轻的背包客在互相炫耀着新买的手链，高声说笑打闹。一个老阿姨买了一大包毛绒玩具，她的包裹戳到了一个小姑娘的眼睛。小姑娘哭起来，她的奶奶，一个被挤得疲惫不堪的老人斜着眼睛叫骂。拿包裹的阿姨很生气，"干吗？想舒服挤什么公交，有钱打车去啊！"

✏

外婆笑盈盈地望着金果。她的目光越来越浓稠，越来越湿润。一低头，外婆揉了揉鼻子。

"你这孩子——终于又恢复成了一个小孩子，真好啊！"外婆抱着毛线活儿舒心地笑开了。

电话跟着兴奋得直叫，金果"啪啪啪"奔过去。

"喂！喂！喂！"金果抱着话筒一连"喂"了十多声，直到里面传来嘟嘟嘟的忙音。

金果一抬头，视线恰好落在书橱里爸爸穿警服的大照片上。

如今黑纱已经褪下，一抹斜阳让爸爸的国字脸熠熠生辉，爸爸正亲密地望着他笑。

莫非是爸爸的电话？

金果暗暗提起嘴角，他向书橱里的爸爸走去。

摘选自韩青辰著《因为爸爸》

小证人

冬青发疯似的跑过堆满秋草的晒场，跑过东河上的石桥，跑进土墩上的槐树林。她像一支箭射进去，巴掌大的小米村被她远远地甩在后面。

深秋的树林分明高了几分，稀稀疏疏，透出一方更大更空阔的天。树脚下堆满了枯枝叶，冬青无法顾及，她一味慌乱地奔跑，小辫子像燕尾一样飞在脑后。

那双说不清是红还是黑的鞋头上，两只破洞对称得像一双眼睛。暴在外面的大脚趾不时踢中荆棘、石头，又疼又痒，她也不停下。她只想着向前、向前，好像在拼命。

那些明亮的喜人的光芒终于要够了花枪，现在它们商量好了一齐迸发，好像要向冬青证明什么。光这个东西像溶化的金色液体，以不可想象的速度，无遮拦地流泻在天空下面的万事万物上。流泻在东河、土墩和辽阔的原野上，那么均匀、公道。

天空和天空下面的万事万物开始闪闪发光。天空发出淡蓝的光，东河与树林发出青绿的光，原野发出褐黄的光——无边无际中，这些光芒互相焕发，彼此映照，喜洋洋又暖融融。

"妈妈在呢，她好端端地在地里栽油菜。"

好像所有的阴霾一哄而散，冬青爬起来扭头朝田野跑，一边大声喊："妈——妈——"

"单冬青，我能理解你对文老师的感情，你很爱这位老师。可是你一定要说实话。你读三年级了，你想想你说的话，文老师生气地一伸手，王筛子自己就倒下去了。听起来是不是牛头不对马嘴？你在包庇文老师！"那张脸突然可怕地扭曲起来，所有的线条不仅僵硬、武断，而且暴戾、无情。

冬青张大了嘴巴，她瞪大了眼睛，无辜地瘫在板凳上。又像被浇了一桶滚油，周身火一样燃烧。她有生以来第一次尝到了被人怀疑和污蔑的滋味。

可惜冬青家的书少得可怜，她最好的书就是这本语文课本，她下决心先把它背下来。

朝阳在东方冉冉升起，蓝紫而渐渐明黄的朝霞终于一团团散开，金质的光芒让她睁不开眼，一转眼，红红圆圆的太阳就跳出来了。冬青这一刻怔住了，她由衷地相信，那是世上最有力量的朝阳。

她敞开嗓门，把全部注意力用来大声诵读。她用手比画，用耳朵倾听，用脚打拍子。渐渐地，句子像水流一样在舌尖上灵巧自如地流淌了，她初次尝到了吟诵的快乐。

冬青忽然停下来，她回身望着那一张张再熟悉不过的脸，黑眼睛瞪得滚圆滚圆，愤怒让她苋菜叶子似的小脸闪着铁一样又冷又硬的光芒。

冬青看着白光，在这个无耻的游戏中，白光居然是领头。他那张清秀俊朗的脸现在正被邪恶弄得浅薄又愚蠢，简直叫丑陋！

冬青恨透了这些人，她想张嘴哭，想奋力骂，想用脚踹，可是经验告诉她，她不能。她只是拼死去拨开他们，结果他们一齐扑上来踹她、捶她、骂她、吐她。

冬青听着听着，她会想起妈妈腰上那黑一道白一道的晒斑，想起奶奶高高隆起的背，想起根爷棒头粗的手指——都是劳动使然，那才叫苦苦坚持。

冬青无师自通地觉得自己现在最重要的就是坚持。冬青时常翻出她的小本子，她要把文老师说过的那些好句子拿出来读一读，背一背："希望是长着羽毛的小鸟，栖身于灵魂故里，它哼着没有歌词的小曲儿，永不停息。它在狂风中歌唱着快乐，在暴雨里领略着险恶，猛烈的暴风雨让它不安，而它还是感觉到几多温暖。我听到它鸣唱于最寒冷的陆地，或者在最陌生的海洋，即使陷入绝境，也未曾向我讨要一点儿口粮。"

摘选自韩青辰著《小证人》

龙卷风

早操结束，费菲缩着一米七二的身子钻到我身边，红着脸悄声说，"我喜欢夏天怎么办？"

我白了她一眼，双手插在裤子口袋，一言不发。我想这正是她所需要的。

其实我没做早操，我在横平竖直。我也没兴趣听人废话。我像一只木偶，是扔进纸篓断胳膊残腿的木偶。我听见时间"嘀嗒嘀嗒"爬过我上锈的耳朵。

　　我讨厌妈妈在闹钟响过五分钟就敲门，其实只要她第六分钟不来，我就乖乖起床，像她希望的那样迅速梳洗，再读十分钟英语，很阳光地走向餐桌跟她说："嗨！"

　　妈妈像一棵刮倒的大树，她的眼神像鬼火一样幽暗。

　　至此我承认我对她的爱丝毫没有减损，尽管我会跟她叫嚣，我不服从她的安排，拒绝她的指点，希望她三缄其口，但我依然像最初那般爱她。

　　我一边挣脱她，一边又渴望书上写的母爱：细腻、淳厚、缄默，像星星像日月，天与地之高、东与西之远加起来也及不上母爱两个字。

　　我越爱她，就越是要找她的漏洞和破口，像最严厉最苛刻的道德卫士。每次痛快淋漓吵完，我就在纸上画圆圈，一圈一圈画到力竭。

　　那些怒不可遏的圆无规则地缠绕着，犹如魔兽的眼睛，更像杀气腾腾的龙卷风。

　　我激动起来比龙卷风还吓人，我承认自己迷上了摧枯拉朽。

　　费菲由此迷上了操场边的高低杠。许多时候，我们像两只青鸟栖息其上，橙红色的夕阳无限深情，它给万事万物都绣上了迷人的金边。

　　我承认在高低杠上，在温柔的黄昏，看着那轮浑圆及其光芒渐渐隐退，我们才趋于真实，彼此说的每一个字包括叹息都发自肺腑。

尽管我知道我这样很冒险，因为保不准费菲会不会在群里大放厥词，可我还是难以自禁。我被那样的时空给迷醉了，我承认大自然深处有一种莫名的力量，一不留神它就超乎人的意志，叫你坦白、放下、释然，像婴孩一样了无牵挂。

假如肖依愿意和我这样面对面坐在高低杠上，离地面一米远，共享夕阳，我相信她不会从十七楼飞下去。

摘选自韩青辰著《龙卷风》

莲蓬

梦里我变成一个穿汉服的顶着蘑菇头的圆溜溜的小姑娘，光脚跑在洁净温热的沙土上。面前大团大团的白雾，雾后是一片池塘，荷花淡粉，大朵大朵，朦朦胧胧，有水墨的效果。

一支莲蓬慢悠悠地伸过来，青绿色，没熟，我知道熟透了应该是黑的。

天边传来苍凉之极的诗，每一个字我都听见了，每个字都像一大朵水花溅落在巨石上，大大地绽放、破碎，化为无形。它们一诞生就不见了。

我怅然若失地醒来，一动不动。

母亲在踩缝纫机，是我喜欢的那种机械的、持续的声音。它温暖、厚实，一如下雨天低矮的屋檐下父亲母亲曾经的窃窃私语。

屋外有雨，掺杂着母亲的忧伤、愤怒和疼痛，雨声、哭声一起打在我心上，那扇被我紧锁又贴上厚厚封条的门渐渐也湿了。风吱吱呀呀，终究吹开了它。里里外外黑咕隆咚，只是雨打莲蓬的声音。

"我不懂，你为什么不恨他？"

"我不恨他，是人都有过错，无论怎样我都希望他这一辈子好。他要真没了，我上哪儿去给你找一个亲生父亲？这种时候如果我们不帮他，谁还会向着他？！丝瓜早回她老公身边好好过日子去了。"

不知什么时候，母亲把我拉进怀里，她让我像儿时那样坐在她的大腿上。她紧紧地搂着我，把湿漉漉的脸埋在我怀里，像疼爱又像赎罪。

我忽然觉得莲蓬上的麻点点是一朵莲在世上受过的伤。仁慈的花主把每道伤都静静孕育成了一颗济世的莲子，白白的，苦苦的，香香的。

摘选自韩青辰著《莲蓬》

江苏省特级教师
胡红　出题

1.阅读《因为爸爸》，最打动你的是什么？你能理解主人公金果的心理变化吗？

2."希望是长着羽毛的小鸟，栖身于灵魂故里，它哼着没有歌词的小曲儿，永不停息。它在狂风中歌唱着快乐，在暴雨里领略着险恶，猛烈的暴风雨让它不安，而它还是感觉到几多温暖。我听到它鸣唱于最寒冷的陆地，或者在最陌生的海洋，即使陷入绝境，也未曾向我讨要一点儿口粮。"阅读《小证人》，你觉得冬青为什么要读背文老师说过的这些好句子？

赵丽宏

童年河

渔童

黑木头

祁智叔叔说赵丽宏老师

我很早就知道赵丽宏老师，早到我刚上大学的时候。

我上大学的时候，大学校园里同学年龄复杂。最小的十五六岁，最大的四十多岁，甚至有父子同班的。

那是一个全民狂爱诗歌的年代，校园里有过之而无不及。男女老少一边废寝忘食地写，一边如饥似渴地读；一边锲而不舍地乱投稿，一边被不留情面地退稿。

我注意到华东师范大学1977级的一个人：赵丽宏。

当我们大量地投稿、大量地被退稿时，这个赵丽宏同学，已经在大量地发表，发表诗，也发表散文。赵丽宏同学的作品很多，层出不穷，想象丰富，情感充沛。他的作品就像一条素色的连衣裙，刚被清水洗过，晾在明媚的阳光下，随着微风飘荡，噼啪作响。

1981年，当我还在上大学的时候，1977级的赵丽宏老师大学毕业了，直接进入了《萌芽》杂志社。《萌芽》杂志是社会青年、大学生等一些文学爱好者心中的圣殿。一个诗人在文学杂志当编辑，相当于一个人既当运动员，又当教练员、裁判员——他不仅写，还决定了我们怎么写、写了之后怎么办。

这样的人，既让我们妒忌，也让我们羡慕。

在相当长的一段时间里，我一直以为赵丽宏老师是一位女性。一看名字就知道是女的——赵丽宏。我一厢情愿地以为，她是一位上海姑娘，瘦小、纤弱，不会太漂亮但肯定有才华，而且多情善感。

我不停地看到赵丽宏老师的作品，"她"也由一位大姐，成为一位大嫂，再然后——

幸好没有"再然后"，我终于看到了赵丽宏老师的照片。

后来想想，其实我早就看到过"赵丽宏"的照片，只是没把照片与我理解的赵丽宏联系在一起。

我盯着照片上的赵丽宏老师。标准的男性，正规的国字脸。我觉得很奇怪，一个雄壮的男性，怎么会如此细腻？难道是名字影响、规定了一个人的发展？

2015年9月20日，盐城阜宁新华书店阜宁书城重装开业。

我去参加启动仪式，赵丽宏老师也到了。

我们紧挨着坐。

"我以前认为你是女的。"我有些恍惚。

赵丽宏并不觉得奇怪，看样子没少被误解。

"幸亏是'宏'，而不是'红'。"我松了一口气。

赵丽宏老师忍不住"嘿嘿"笑了，但只笑了两声，声音不大，也不露齿。

盛夏，酷热难当。很多人短袖、短裤，还是热汗直流，头发粘在额头上，惨不忍睹。我长裤、短袖，不敢动，表面还好，实则汗流浃背。

　　赵丽宏老师与众不同，西裤笔挺，皮鞋铮亮；条纹立领长袖，袖口扣紧、领口扣紧。我相信，如果衣服上有100个纽扣，他一定会一个不少地扣上。

　　关键在于，赵丽宏老师把自己几乎密封起来了，却没有一丝出汗的迹象。而且，他还做讲座、签名、写书法。

　　赵丽宏老师这种人，在上海滩有专门称呼："老克勒"。一般人学不像，也装不来。

　　文未必如其人。但赵丽宏老师的文，像他一样，非常干净。

童年河

　　童年就像一条小河，从你生命的河床里流过，它流得那么缓慢，又流得那么湍急，你无法把它留住。它的涟漪和浪花会轻轻地拍击你的心，让你感觉自己似乎总是没有长大。

　　如果童年的岁月真有一条河陪伴，哪怕只是一条小小的河，那必定是一件有意思的事，河畔会发生多少故事呢？

　　雪弟天天在河边走来走去，他喜欢在河岸玩，喜欢河边的风吹在脸上的感觉。迎面吹来的风中，有很多好闻的气味，那是芦苇、树叶和青草的气息，是油菜花的香味。这里只要有水的地方，水边就会长芦苇，芦苇就是河流的绿色花边。河岸上种着很多杨树和槐树，浓密的枝叶在空中交织成一团团绿色的云。树上有几只鸟在鸣叫，它们躲在树里，可满世界都能听见它们快活地歌唱。雪弟每天看见很多鸟，大大小小，各种各样，有黑色的大鸟，也有彩色的小鸟。乌鸦、喜鹊、鹁鸪、鹭鸶、麻雀、燕子、绣眼、乌鸫、白头翁、百灵鸟……还有很多雪弟叫不出名字的鸟，雪弟觉得用一个"鸟"字就能概括它们，那么多好看的羽毛，那么多好听的鸣唱，都在一个"鸟"字里藏着呢。

坐在三轮车上看外滩的房子，真是好看。阿爹告诉雪弟，外滩从前是英国人的租界，这里的房子都是外国人造的。雪弟仰起脑袋，看着路边那一栋栋用石头垒筑的高楼，就像看见了一个个童话故事里的外国巨人，正在俯瞰着自己，心里有一种异样的感觉。经过那栋高耸的海关大楼时，楼顶上的自鸣钟响了，钟声那么洪亮，满世界都回荡着它唱歌一样的声音。这就是上海的声音，雪弟心里想。

三轮车离开外滩，在一条喧闹的路上走了不一会儿，就到了雪弟的新家。这是一条石库门弄堂，房子的墙是红砖砌的，屋顶是黑色的瓦片。木头的窗户里，总能看到有脑袋探出来往外面张望，有老人表情木然的脸，也有小孩活泼的面孔。

这是一条大河，虽然没有黄浦江那么浩瀚，但比老家那条小河要宽阔多了。河水是黄色的，正在以很快的速度流淌。河两岸泊满了大大小小的木船，也有机器船。一只大木船正从桥洞里斜钻出来，船头站着个满脸胡茬的艄公，赤着膊，身上闪烁着红褐色的光芒，手里挥动着一根长长的竹篙，威风凛凛的样子，就像古代驾战车的武士。那根竹篙在桥桩上轻轻一点，顺流前进的木船改正了方向，稳稳地钻出了桥洞。船上装着很多木箱子，堆得像座小山。船尾巴上，摇橹的是一对母女，母亲是个结实的胖妇人，女儿还小，七八岁的样子，两个人齐心协力摇着橹，身体随着橹的摆动一起俯仰扭动，好像在跳舞。

雪弟躺在水泥屋脊上，发现头顶的星空突然变得很近，深蓝色的夜幕上，繁星闪烁，半轮月亮挂在天上，清亮的光芒晶莹四射。一条银河，弯弯曲曲，在天边静静流淌。雪弟仰望星空，想起了乡下的美景，想起了亲婆。星光闪耀的夜空，仿佛变成了亲婆的面孔，亲婆正在天上俯瞰着他。所有的星星，都是她含笑的眼睛，而那条流淌的银河，就像是她随风飘拂的白发……

雪弟闭上眼睛，在心里轻声喊着亲婆。他想在屋顶上做一个梦，亲婆一定会到他的梦里来和他见面。他想起今天奔回来时，在楼梯口听见亲婆喊他的名字，喊得那么清晰，可亲婆那时明明躺在床上。此刻，亲婆还会回来喊他吗？

摘选自赵丽宏著《童年河》

渔童

大路从小就爱做梦，心里有什么事，夜里睡着后，那件事就会跑到他梦里来。有时，他睡觉前想，今天晚上，在梦里见见外婆吧，睡着后，外婆就真的笑眯眯地到梦里来看他了。这几天，他梦中的主人公只有一个人：渔童。

晚上睡在床上，大路就着屋顶上那盏十五瓦电灯泡昏黄的光芒，读那本《巴黎圣母院》。他被发生在巴黎圣母院里的故事吸引，那个钟楼怪人佝偻着身体，龇牙咧嘴地发出低沉的声音，把他引到一个陌生奇幻的世界。可是只要闭上眼睛，在他眼前浮现的，却不是钟楼怪人，而是那个象牙一般洁白的渔童。

奇怪，那个白瓷渔童，怎么脸上泛着红光？身上那件小小的围兜，也变得五颜六色。大路盯着渔童看，渔童也盯着他，两只大眼睛居然眨巴眨巴动了几下。大路吃了一惊：这渔童，怎么活了？

晚上，渔童又来到了大路的梦中。大路看到，渔童坐在一只用藤条编成的长方形小船上向他挥手，可藤条船在原地打转，不往前走，渔童解下胸前的白色围兜，随手在空中一甩，那围兜在船上慢慢地上升，变大，成了一片白帆，一阵大风吹过来，藤条船轻盈地飞起来，在水面上乘风破浪。藤条船的后面，腾起一片水花，那是一条金色的大鲤鱼，紧跟在船后。远方的水面上，露出一座高山，山影在缥缈的水烟中时隐时现……

韩先生指着桌子上他刚写好的字说："这就是我曾经读过的书——《唐诗三百首》，一首一首把它们默写出来。"

娟娟站起来，走到桌子边上，踮起脚尖看韩先生写的字。大路也站起来，把头凑近了看。那些小字，龙飞凤舞，写得真好看。

大路看清了韩先生写的最后一首诗："山暝听猿愁，沧江急夜流。风鸣两岸叶，月照一孤舟。建德非吾土，维扬忆旧游。还将两行泪，遥寄海西头。"

"这是唐朝诗人孟浩然的诗，他孤身一人乘船在旅途，看着月光下的山水，想念朋友，回忆过去的时光，心里难过，就写了这首诗。"韩先生说着，好像也在回忆往事，"这还是我小时候背过的诗，一辈子不会忘记。用心读过的好书，就像在心里播下了种子，会生下根，发出芽，长出叶子，最后开花结果。"

早晨起床时，大路发现床边有一片黄色的香樟树叶。他站在老虎窗前往外看，香樟树还是枝叶繁茂，但已经有叶子在秋风里落下来。金黄的香樟树叶在风中飘旋，就像是无数蝴蝶在空中翩翩飞舞。

两只小喜鹊从窝里跳到树枝上，正拍打着翅膀学飞翔。它们已经不再跌跌撞撞，从一根树枝跳到另一根树枝，一直跳到树梢，然后停在一根细细的树枝上，上上下下摇荡着，有点展翅欲飞的样子了。喜鹊妈妈站在下面的树枝上抬头看着，突然展开翅膀从两只小喜鹊面前掠过，直飞天空。两只小喜鹊犹豫了一下，展开翅膀拼命拍动着，离开了树枝，奋力向上飞，飞，飞。它们终于飞起来，跟着大喜鹊飞向天空……

走在田埂上，一边是金黄色的稻田，成熟的稻穗抚弄着裤腿，风吹来，只见金浪翻涌，从脚边一直起伏到天边。天边，淡淡的树影逶迤飘逸，小昆山把青黛色的剪影贴在蓝色的天幕上。另一边，是一片湖泊，湖面清波荡漾。一群大雁从头顶飞过，在天上神奇地排成一个"人"字，由远而近，听得见它们从空中传来的鸣叫声。韩先生慢慢在田埂上走，东张西望，贪婪地看着四周的风景。大路听见韩先生口中念念有词，他是在吟一首唐诗：

> 自古逢秋悲寂寥，
> 我言秋日胜春朝。
> 晴空一鹤排云上，
> 便引诗情到碧霄。

大路问韩先生："你念的是什么诗？"

韩先生回答说："是刘禹锡的《秋词》，写得有精神。一年四季，其实秋天的景色最美。假如德化的渔童是个活的孩子，他一定会喜欢这里。"

摘选自赵丽宏著《渔童》

黑木头

天一黑，大地就开始闪闪发光。

随着夜幕降临，城市的每个角落，都亮起了灯光。白天看上去威严冷漠的大楼，此刻，每扇窗户都变得晶莹闪烁，就像一座座透明闪亮的水晶山，仿佛远远地就能看清这些山中正在发生的一切故事。而在白天，这些楼房都是陌生的。街道上空的路灯在同一个瞬间亮起来，这些街灯，比天上的星星月亮亮得多，它们俯瞰着在夜幕下曲折蜿蜒的路面，把路上的人和车都照亮了。街道上的车灯，是流动的光芒。黄色的灯、白色的灯、红色的灯，在路面上曳出一串串珍珠宝石一样的光影……

在童童的眼里，所有的灯都像是一只只眼睛。他能发现很多大人无法发现的秘密。街上来往的汽车，每辆车的眼睛都是不一样的，有的汽车是圆眼睛，有的汽车是方眼睛，还有椭圆的、长方形的、三角形的、菱形的。汽车从很远的地方开过来，童童只要看到灯光，就能知道这是什么汽车。

夏天过去，秋天来了。金黄的梧桐树叶在天上飞着，飘飘悠悠地往下落。早晨起来，只见满地的落叶，树叶的颜色丰富多彩，金黄、暗绿、浅褐、深红，人行道上，就像铺了一条彩色的大地毯。

童童喜欢地上的落叶。妈妈送他上幼儿园时，他在铺满落叶的人行道上轻盈地走着，就像跳芭蕾，用脚尖点地，每次都能踩到一片形状不同的落叶。梧桐树叶像摊开的手掌，银杏树叶像金黄的书签，香樟树叶像暗红的花瓣……

一阵秋风吹来，扫动了路上的落叶，地毯上的花样也就随之改变。风大时，落叶又被吹到空中，像一群彩色的蝴蝶翩翩起舞。

下雪了，雪花在空中飘着，像是天上飞翔着无数白色的蝴蝶，也像是满天旋舞的透明花瓣。童童站在阳台上，伸出手，看雪花一朵朵飘在自己的手掌上，那些六角形的雪花，大大小小，千变万化，每一朵都不一样。它们飘落在童童温暖的掌心里，很快就融化成一颗颗晶莹的小水滴……

下雪了，孩子们就像遇到了节日，到处是欢声笑语。孩子们在花园里堆雪人、打雪仗。雪球在空中飞来飞去，伴随着一串串笑声。

下雪真好，雪花召唤着大家，让平时不来往的孩子们走到了一起。童童也参加了孩子们的雪中游戏，他们欢叫着，把雪花揉成团团，扔来扔去打雪仗，还在人行道边上堆起一个矮矮胖胖的雪人。

摘选自赵丽宏著《黑木头》

江苏省特级教师

刘荃　出题

1. 请选择你最喜爱的一处环境描写，运用批注的方式进行赏析，并体会环境描写在小说中的作用。

2. 请为《童年河》《渔童》《黑木头》各写一则推荐语。

殷健灵

野芒坡

纸人

爱——外婆和我

月亮茶馆里的童年

天上的船

象脚鼓

祁智叔叔说殷健灵老师

从女孩子走过来的女孩子
好看的眼睛，探视世界的隐秘
每一个文字，都有大都市的腔调
典雅，高贵，体贴，温润

野芒坡

元宵夜——南汇县城里最亮的一夜。外婆家门前的河面上，泊了大大小小的船只，每艘船的桅杆上都挂起了串串灯盏，仿佛天上的星星降落人间。习惯了走夜路的人，被那些星星点点的光吸引，从四面八方向县城的街市汇集。孩子们的手里牵着各式各样的兔子灯，灯肚子里烛光飘摇，一忽儿明，一忽儿暗。远远看去，仿佛缓缓流动的灯火的河流。先是涓涓细流，它们都朝向一处流淌。那灯火在夜色里迷迷蒙蒙地舞蹈，稀稀落落。慢慢地，一条"溪流"和另一条"溪流"相遇了，然后，又和更多的"溪流"相遇，灯火渐渐密集起来，耀眼起来，直到汇成一片璀璨的灯海。

又是一个早春的清晨，在秋浦河两岸的人家还没睡醒以前，河水便低吟着涨起来。在苍苍茫茫的芒草坡上，在曲曲弯弯的野滩和刚刚萌芽的稻地里，鸟雀的叫声和虫鸣互相呼应着。星星落下去了，在太阳从东边升起来之前，浮着云片的东边的天空中便泛出了鱼肚白。渐渐，璀璨的霞光也起来了，映照着远处的地平线，似有金红色的雾霭在大地的表面缓缓游动。

秋浦河边停着一叶木船，两鬓花白的摇橹人撑着船桨，一遍遍地朝野芒坡的门口张望。过了一会儿，幼安提着箱子从大门里走了出来，径自上了摇橹人的船。

"大爷，您好，我去吴淞口。"幼安说。

摇橹人点点头。他黑红的脸膛上勾画着细密的皱纹，眼睛不大，有些浑浊，却闪出饱经世事的智慧。他用船桨抵住岸边，轻轻一撑，木船便轻悠地划了出去。

摘选自殷健灵著《野芒坡》

纸人

那年我应该十三岁了吧。

那年的冬天，大雪纷纷扬扬，数日不停。雪是天空的精灵，在天地间悠悠飘荡。我从寂静的黎明醒来，雪的折光使床单的颜色更为明艳，床单的中央，开放着一朵暗红色的小花，那是我生命里的第一次潮汐。

从我家的窗口望出去，看得见路边各种风格的树木，银杏树、芙蓉树、五角枫，它们被银装素裹着。殖民时期的教堂夜半传出悠长的钟声，伴着邻居家里新生命的啼哭，那些声音仿佛还在空气中留下了看不见的银线。这时候，生命的潮汐就很阔很响地注入你的心绪，让你像是不再属于自己。

很多年以后我才明白，我们生命里有某种东西，潮起潮落生生息息，它总是在上涨、失落、上涨、失落，生的潮汐会不断推动我们……

这时候，她忽然止住脚步，回转身，幽幽地说了一句话。她说："那时候，如果也有人对我这样说，我就不会死了……"

话音刚落，她就消失在门后了。

我急忙追出去，一直追到大门口，仍不见蓝布裙女孩的踪影，就像她从来没有出现过一样。

夜晚的街市像白天一样喧哗，近处，是嫩嫩的新发芽的绿树枝在苗圃里摇摆；重重叠叠的楼群屋舍，窗帘和里面的灯光一起徐徐荡漾，如同一幕幕彩色的活动影像；远处，是冷漠而笔直的公路，像一只神秘的手臂，伸向不可知的远处；月亮疲倦地枕在灰云上睡觉，从附近的卡拉OK里飘出来一曲若有若无的乐声，是一个单纯的女声在浅浅吟唱：

　　　不要把我带走，不要把童年埋葬
　　　为什么我的心继续跳动

为什么我的眼里还有泪水

请为我保留那扇门吧

让我看到过去的自己

······

摘选自殷健灵著《纸人》

爱——外婆和我

小时候，我总是钻在外婆怀里睡觉。外公睡里床，外婆睡外床，我在中间。床正对老虎窗，窗框勾勒出了一幅画，银盘一样的月亮挂在天际，底部露出欧式房子尖耸的屋顶，远处飘来黄浦江上的轮船汽笛声，听起来沉闷而悠远……年幼的我却在这静谧的夜里失眠，听着外公的鼾声，感受着外婆因呼吸一起一伏的腹部，我将手轻轻放到外婆的肚子上，觉得多么新奇有趣。外婆似是醒了，更紧地搂住我。我是被外婆搂大的。

早晨刚刚睁开眼，就听见外公在楼下唤："起来啦，下来吃小馄饨！"刚从点心店里买来的小馄饨用钢精奶锅装着，一个个，好像晶莹透明的小船，清汤上面漂了葱花和猪油星子，清香扑鼻。我顾不得刷牙洗脸，拿起勺子就吃。

外婆从来不会斥责我，顶多在我顶嘴时，用丹阳话嗔怪我一句："小猢狲！"她甚至允许我含着满口的巧克力入睡。我的好几张童年照，便是咧着黑乎乎的蛀牙傻笑。对牙齿的忧虑，伴随着我的童年，我经常夜里梦见自己的牙齿掉了，然后在早晨带着隐隐的忧惧醒来。

开船啰！

我从后面拦腰将外婆环抱住，起劲地却又小心地推她朝前走。她穿了厚厚的棉袄，从上到下一样粗。我仿佛抱了一个枕头，又安心又妥帖。

她呵呵地笑起来。"小心，小心跌倒！"嘴里却幸福地提醒着。

借了我的力，她挪动一双缠过足的脚，果真轻快了许多，步履也有了节奏。

"小心，小心，要跌倒了！"她笑着，步子又快了一些。

小时候，我也是这样跟在她后面跑吧。只是那时，她用不着我抱。她来火车站接我，提了我的行李袋，拼命挤上拥挤不堪的公交车，把我护在干瘪的胸前。

她那时就已经是个老太太了，却还是步履矫健。我跟在她身后，害羞地低着头，在邻居们的目光里走进弄堂深处。我恨不得快点逃离那些目光。

"外孙女来啦？"邻居阿婆道。

"来了！"她快活地答，声音又脆又亮。

我跟在她身后。在淡金色的余晖里，望见她年老却依然轻捷的背影。她的身体微微前倾，仿佛要努力去接近一个目标，宽松的黑色绸裤被穿堂风吹得瑟瑟抖动。她的手臂好长哦，而且有力，手中的行李似乎并没有拖累她的脚步。我需要小跑才跟得上她……

开船啰！

我从后面箍住外婆，轻轻推着她往前走。

摘选自殷健灵著《爱——外婆和我》

月亮茶馆里的童年

天米站在家附近的缓坡上，远远地看着他。天米是出来倒垃圾的，不经意地抬头，就看见了慢慢走着的闵多。天米朝闵多走过去，她很想对他说些什么，她甚至并没有想好要说什么。

"你好。"天米说，她看见月光下闵多的脸上隐约挂着两行亮亮的东西。

闵多好像很尴尬，他没有做声，只是微微侧过身去，把脸转向一边，像是要掩饰什么。

路灯忽然亮了，在天米和闵多的身上投下橘红色的光晕，两个人的影子像溶化的糖汁一样轻轻地抹在暖融融的灯光里。

"这么晚才回家？"

闵多点点头，长长地吁了口气，像刚刚跑完了长跑那样，然后，伸了个懒腰，做出一副无所谓的样子，斜靠在灯柱上，问天米："你吃过晚饭了？"

天米说"是"。

闵多夸张地说："我饿死了，刚才去公园里溜达了一圈，还走了'勇敢者之路'呢。我得赶快回家，今天我妈做红烧肉给我吃。"说着，还有意吧嗒了一下嘴。

天米不做声地看着他。一个环卫工人推着手推车从他们身边经过，那手推车发出吱吱嘎嘎的声响，听起来很寂寥。

闵多又说："我和妈妈决定了，去上海念中学。那所中学的高考升学率是100%，以后我要考清华，出国留学。"

"那以后，我们再也见不到你了？"

"我不知道……"

两个人没说几句话，闵多就急着要走，天米紧跟几步，在后面追上了他。她并不清楚要对闵多说什么，只是从心里想陪他走走。

他们不说一句话，慢慢地慢慢地在路灯下走。终于，还是闵多说了一句："你可怜我，是吗？"

天米却没有接话。

摘选自殷健灵著《月亮茶馆里的童年》

天上的船

在奈娜出现以前，我觉得自己是世界上最孤单的人。

我没有爸爸，也没有妈妈。我和亲爱的奶奶一起生活。

奶奶说，我的爸爸和妈妈变成了天上的星星。在我出生后不久，他们就一起飞走了。每到夜晚，我就独自一个人坐在竹楼的外廊上对着天上的星星说话。我把爸爸的星星叫作"狮子"，它是夜空里最亮的一颗。我把妈妈的星星叫作"仙女"，它紧紧挨着"狮子"，看上去比"狮子"稍微小一些、暗一些。当我仰望它们的时候，它们就会对我眨眼睛；我在心里对它们说话的时候，我也听到它们在对我说话。我们说了很久很久的话，又相互看了很久很久。后来，我困了，奶奶催我去睡觉。当我走回客室的时候，一回头，还能看见它们在依依不舍地望着我。

不过，如果是下雨或者起雾的夜里，我就见不到它们了。但我能听到它们。漆黑的夜里，站在外廊上，雾和雨飘过来，能听见院子里的芭蕉叶快活地唱歌。很轻很轻的歌声，比奶奶纺织的丝线还要轻柔。那声音，嘤嘤的，像微风轻抚树梢，像露珠滴落蕉叶，像小鸟掠过清波。我想，那一定是爸爸和妈妈在唱歌给我听。

摘选自殷健灵著《天上的船》

象脚鼓

音。乐。

"音"，露出白贝壳一样的门牙，如同微笑；"乐"，嘴唇微噘，又舒展，好像吐露一个花苞。

音。乐。

对于我，音乐是什么？

是暖风拂过脸颊，心底泛起的柔软；是火车驶过铁轨，大地轻微的震颤；是四季转换时，楚桃的翠绿与金黄；是阳光淌进血脉，蓬勃的闪烁与照耀……我的身体就是一把小提琴，把心变成琴弦，呼吸便是琴弓，那用心弹奏的音乐，给田野铺上绿丝绒的地毯，它让天空摇晃，抖落下晶莹的雨珠……

可是，我从未听过音乐的声音，也早已忘记了人们说话的音调。

摘选自殷健灵著《象脚鼓》

江苏省特级教师

孟纪军　出题

1.读了《野芒坡》，你知道元宵夜里的一条条"溪流"最终汇成了一片（　　　）。

2.读了《爱——外婆和我》，你知道了"我"是被外婆（　　　）大的。外婆嗔怪"我"的一句"小猢狲"，饱含（　　　）的感情。

3."我从后面箍住外婆，轻轻推着她往前走。"你读出了"我"对外婆的（　　　）。

4.《月亮茶馆里的童年》中写道："路灯忽然亮了，在天米和闵多的身上投下橘红色的光晕，两个人的影子像溶化的糖汁一样轻轻地抹在暖融融的灯光里。"读后你会感觉很（　　　）、很（　　　）。"一个环卫工人推着手推车从他们身边经过，那手推车发出吱吱嘎嘎的声响，听起来很寂寥。"手推车寂寥，其实天米也很（　　　）。

5.《天上的船》中，爸爸的星星叫作（　　　），妈妈的星星叫作（　　　）。

秦文君

幸福课

变形学校

王子的长夜

一个女孩的心灵史

祁智叔叔说秦文君老师

1985年夏天，在江苏少年儿童出版社《少年文艺》编辑部连云港笔会上，我第一次见到秦文君老师。

秦文君老师不高，戴眼镜，微胖，笑眯眯的。我强烈地认为，这是一个老祖母的形象。秦文君老师一定会在冬天的屋子里讲故事，慢声细语，身边围着各种年龄的孩子。炉火正旺，满屋温暖。

其实那个时候，秦文君老师才31岁。

秦文君老师不怎么说话，大多数时候微笑着听。如果要找一个最称职的听众，秦文君老师应该是首选。但她总是要说话的，一开口，带有上海口音的普通话，很有腔调。

"思（是）则（这）样的——"秦文君老师笑着说。

有一次，我和秦文君老师闲聊，说起做菜。她很惊讶："祁自（智），你会唱歌、朗诵、踢足球，你还会做菜哇？"

"会。"我开玩笑说，"各种表格填写有何特长，我一般填'全会'。"

"咯咯咯……"秦文君老师灿烂地笑着，"怎么可能？不可能的。"

我为了证明自己会做菜，像传授武林秘籍一样，告诉秦文君老师排骨的一种做法：

一份油，两份酱油，三份糖，四份醋，五份水。

"做不好，排骨钱我出。"我拍胸脯说。

秦文君老师将信将疑，但还是认真地记在纸上。过了几天，秦文君老师在电话里说："祁自（智），你放心吧，你不要出排骨钱了。"

从此，我以秦文君老师的"生活委员"自居。

有一年秋天，我到上海去，电话里约秦文君老师见一面。秦文君老师笑着说："祁自（智），你不要来，我没空给你写小说。"

"我不要你的小说。"

她笑得更开了："你不要我的小说，你见我干森（什）么？"

"我就是见见你。"

"那太好了。你到延安西路来吧。"秦文君老师没有压力地说。

一个编辑和一个作家，不说作品是不可能的。秦文君老师主动说，今年的什么给谁、给谁，明年的什么给谁、给谁，后年的什么给谁、给谁。

"大后年呢？"我问。

秦文君老师一愣："大、大后年？那么远？"

"大后年给我吧。"

　　"咯咯咯……"秦文君老师笑着说，"好吧，那么远。"

　　我立即从包里抽出合同。

　　"你是有预谋的啊！"秦文君老师边签边说。

　　转眼就到大后年的3月。还有一个月交稿，这样六一前就能上市。秦文君老师突然对我说："祁自（智），我最近忙，白天又写不出来，子（只）有晚上写，可能来不及。"

　　"秦文君老师，你回家把窗帘拉上，把灯打开，布置成晚上。我出电费。"

　　"咯咯咯……祁自（智），你不讲道理。"秦文君老师在我耳边笑着说。

　　后来，秦文君老师的书如约而至：《天棠街3号》。

　　前年秋天，秦文君老师在四川，为什么事不太高兴。随行的同志打电话给我："听说你和秦文君老师关系好。"

　　"你把手机给秦文君老师，"我说，"就说生活委员要和她说话。"

　　我听到了电话那头的对话：

　　"秦老师，你的生活委员要和你说话。"

　　"咯咯咯……是祁自（智）吧？"

幸福课

　　詹妮住二楼的春花堂，房间里有薄荷绿的壁纸，胡桃木的床、衣橱、椅子，式样古老而雅致，地板是深色柚木的，镶拼得体，像天然长成这样的花纹，门窗和橱柜的拉手是紫铜定制的。

　　"哇，以前只在电视里见过的高级房间。"云起满足地跷起拇指，说，"跟梦一样，说不出多好看。"

　　詹妮说："这是我阿奶小时候的闺房，套着卫生间，里面的浴缸用了90多年，是古董了，形状像花盆，叫骨瓷花缸，你要不要进去看看？"

　　"卫生间里有臭袜子吗？"云起悄声问。

　　詹妮被她逗笑了，说："没有臭袜子，也没有香袜子。"

　　梅天乐是詹妮的同桌，他脸蛋圆嘟嘟，眉毛淡淡，像动画片里可爱的小和尚，长得好玩，说话很有喜感。

梅家的房子屋角翘起，像一座庙，顶楼有个晒台。詹妮站在自家的阳台上，能看到晒台的全貌，她爱看梅家人在晒台上练体操，办烧烤聚会，过生日在那里吃蛋糕。开家庭音乐会时，他阿叔唱沪剧，阿娘唱绍兴戏，姑姑擅长京戏，妈妈"咿呀嗨，咿呀嗨"地唱豫剧，他阿爷和爸爸拉琴，好有趣的，不像自己的家，一根针掉在地上也能听见。

每次梅天乐都觉察詹妮在圆阳台上往这边看，他隔空和她打手语，有时偷偷学孙悟空，右手反过来搭在额头上作凉棚。

他没有"哇啦哇啦"地喊她，有分寸，不咋呼，这一点很合詹妮的心思。

下午三点多，姑姑一家从淮海中路开车来。姑姑娇小美丽，姑父高大沧桑，姑姑和他说话要高仰着脸。

木太太和姑姑咬耳朵，然后跑来嘱咐詹妮说："你姑和你爸谈正事，你陪天树玩会儿，别让他捣乱。我给他们煮养心茶去。"

詹妮看看天树，小家伙六岁了，黝黑，精瘦，毛发兴盛，长着一张瓢瓢嘴，腮帮上没有一点柔软的肉，像是毛猴转胎来的，别看他衣着体面，穿像模像样的西装短裤，皮质凉鞋，却是一只手指转着圈挖鼻子，另一只手抓耳挠腮。

美丽的姑姑怎么生出一个没腔调的熊孩子！詹妮赏他一个好脸色，说："天树，想要宝吗？它在小花园里等你，赶紧去找宝。"

天树撒开腿儿朝小花园奔去。

不一会，"砰"的一声炸响，声音是从爸爸的书房传来的，还有压低声音的咒骂和劝架声。

摘选自秦文君著《幸福课》

变形学校

"什么鬼哦。"刘小布嘀咕一句，跑向柜台方向。深紫色的柜台内外，人影也没见到一个，镶嵌在墙壁上的红玫瑰色的灯带显得落寞。

忽而，他听到一个细微的声音，是小女孩的声音，但她的喃喃自语，柔声倾诉，吓了他一大跳。

"猫头鹰汉堡店的店长、女招待、保洁员、收银员、汉堡师傅、擦鹿角壁灯的、扑蜘蛛网的、挂照片的，全是秘密杀手假扮的，见他们装得和真的一样，笑死我了……"

刘小布不寒而栗，脊背上的汗毛竖起。换成从前，他会立即逃离这危险之地，但现在他走不得，怀着对妈妈失踪的深深愧疚，他决计找回不该失去的一切。

很快，他看到墙上张贴的图文广告，原来猫头鹰汉堡店有 24 种口味的汉堡：深红色的火爆汉堡，加了匈牙利的红辣椒；奶黄颜色的遗忘汉堡，加了产自喜马拉雅山脉南麓东部的柠檬片。深黄色的是揪心汉堡，紫色的是水磨汉堡，青绿色的是飞行汉堡，橙色的是唱歌汉堡，蓝色的是巅峰汉堡，青灰色的是酸溜溜汉堡，透明的是德行汉堡，米色的是狂喜汉堡……24 种色彩的汉堡，每一种都配有同色调的饮料和糖果。

"有意思。"刘小布想，"要是谁把 24 种汉堡都一起吃了，非得综合征了，也许一会儿狂喜，一会儿郁闷，一会儿酸楚，一会儿巅峰，一会儿无敌。"

说真的，这一点特别吸引刘小布，冒险的事他从不想缺席。他盘算着攒些零用钱，和好哥们朱自清一起，把24种汉堡统统吃一遍，看看究竟有啥效果。

故事猎人要了一份火腿汉堡，说只吃里面的火。他将汉堡拆分成两半，一把银质勺子在火腿上挖，真的挖出一大蓬火。他对着一盘火，大银勺一大口，小银勺一小口，一口一口地享用。

他怪异的吃法，刘小布看在眼里，感到新奇，暗生佩服：故事猎人一定是神仙吧，只吃火腿的火的人，不像等闲之辈。他说："故事猎人先生，请帮我找人。"

故事猎人说："这里不是警察局，不是电视台，无法替你找人、替你刊登寻人启事。我唯一能做的，是给你找那人的故事。作为猎人，我从不捕捉山里的动物，不剥兔子的皮毛，只捕捉故事，收藏成千上万的故事，有英雄耀眼的故事，也有普通人罕见的、不为人知的故事。即使一些下落不明的、充满疑点的人，被彻底遗忘的人，在我的尖叫故事里都会有记载。有时他们没名字，只分'他'或者'她'，但这些同属于人类的故事被保留下来。没有任何东西是一成不变的，一些美好、多元、矛盾的无名故事不记载就会消亡，而这些人和故事是有价值的，留存一些原貌，飞速消失的过去不至于一无所有。"

摘选自秦文君著《变形学校》

王子的长夜

男孩的好奇心刺激着他，他不厌其烦地拨开层层树皮，使劲把露出一点的小玩意往外拔，居然是一把蜘蛛造型的钥匙，它有一个指甲盖那么高，露出的尖角是蜘蛛的细腿。

花生老师在生活课上说过，蜘蛛的视力不怎么样，而这把钥匙上的蜘蛛有宝石一般亮的眼睛。嶙峋的腿上有极细的毛，蜘蛛的八条腿环行成了锯齿般的钥齿，钥匙的表面斑驳，颜色是老古董的古铜色，很轻很轻，像一片树叶的分量。

谁也不会在这么高的地方藏钥匙。这小而奇怪的钥匙用来开哪一把锁呢？为什么做成蜘蛛形状？

王子不明白，也不敢指望有人找到答案。他把迷你蜘蛛钥匙放回原处——这显然不像吉利的玩意。蜘蛛的眼睛太神秘了，像活的，盯着他看，王子心里涌起淡淡的恐惧的阴影。

世界忽然变成由一大团谜组成的。这是他第一次独自在家度过一天，难以捉摸的事接踵而来，他还没有准备好呢。

✏️

顷刻间，客厅像中了魔法，所有壁橱的门都"呼啦啦"打开，书橱也大开，几本画册从装得满满的书橱里掉落在地。钢琴的盖子振动了几下，摇摇晃晃地掀开来，所有能打开的门和盖子都开了。

王子岔开腿站着，感觉每一个打开的门都幽深、神秘，仿佛一个个黑洞。

"怎么啦？你看起来很惊慌。"石磊跑进来了，问，"发生了什么呢？"

"所有的橱门都打开着呢。"王子说。

"你不想让它们开着，关上就是了。"石磊说。

王子摇摇头，说："一分钟前，这些门都关着呢。"

石磊满不在乎地说："全关着？那为什么会打开呢？"

王子想起夜里出现的狼影，脱口而出，说："我们家藏着一只狼。"

石磊哈哈大笑，在钢琴键上使劲敲弹，说："我问你，狼打开你家书橱和钢琴干什么？天底下会有爱看书、爱弹琴的狼吗？"

✏️

王子失望极了，他用挑剔的目光看着白医生的书房，希望找出一些破绽，可书房的几面墙是完好的，涂着发亮的白色涂料，连细小的裂痕也没有，哪有迷人巷的出口啊？

挨着王子房间的那面墙，放着一人高的橱柜，橱里有一些瓶瓶罐罐，还有不少泡在福尔马林药水里的标本。白医生的写字台超级可怕，很大，像一个手术台，桌上堆着发亮的锯子和刀，还有小动物的残肢。

"小朋友。"白医生在王子身后叫了一声，"这是你的药片。"

王子打了个激灵，吓了一大跳，慌慌张张地说："好，好吧。我，我走了。"

王子心情沉重，他跑到自家的花园里找小伙伴们，可是哪里有啊？月亮升上树梢，看着满地的树影，他心里祈求时光退回到黄昏时分。

他怀着侥幸心理跑进自己的房间，目不转睛地看着那面白墙，以及谜一般的挂钟，幻想着拱形的迷人巷再次出现，他可以伸手把石磊一把拉出来。

无论他怎么拍墙，它都变成了一面不作回音的墙，王子预感到事情不妙。

摘选自秦文君著《王子的长夜》

一个女孩的心灵史

莘莘自编了一个"下雪的故事"：下雪的日子，有个女孩在雪地里漫步，雪花飘飘，大如葵花，望不到尽头的雪域啊。女孩走啊走，她雪靴上镀有一圈银边，像飞着的萤火虫那样在冷寂的地方闪耀。那个女孩因为按错了一个键，得在雪域里游荡一百年……

她讲述这忧伤的、生死未明的，充满悔意、愁肠百结的故事时，声音轻下去，轻下去，像喃喃自语，又像是暗自叹息。

不到十岁的小女孩编出这样沧桑的故事，会不会是她梦里出现过的绝望景象？她那透明的心里装着悲伤、忧郁，成了她的本质。

莘莘的同桌常戚满足地听着故事，咂着嘴回味着，宛如婴儿得到了吮吸。

一天，一个男生无意中路过桌边，听到这故事。他站在那儿不动了，侧耳细听，只有那优雅的头发，随着微风轻轻拂动。

莘莘成了"临时家庭"的大姐，其实她的年龄比"大弟"郑小愉和"小妹"常戚要小半岁，但没人在乎这些，在孩童世界里，"只要你高兴有，你就会有"。

三个临时的"姐弟"时常乐于在一起低声私语，说梦似的把心里的忧伤和不快说出来，把古怪的梦境、大胆唐突的想法慢慢往外掏，聚存在一起。他们相互为对方掠过脑海的那些奇异念头所折服。他们共守着这些堆积起来的璀璨财富——熠熠发亮的众多的秘密，不知所措，此刻他们真找到了"自己人"的牢不可破的认同。

莘莘为同伴丰富而又虚枉的思想惊叹，懂得了人是那么神奇，即使行为被囚住，照样没人能管住你头脑里的想法，它永远是忠于你的一匹马，想往哪儿去，怎么去，缰绳就拉在你手上。

莘莘好感恩，反复告诉我说："妈，人很有意思的，很好玩。"

学校开营火晚会，有猜字谜的游戏，莘莘猜出一个，去兑奖处，说："老师，我猜出谜底了，是小数点！"

那人摇摇头，又息事宁人地说："我把奖品发给你算了！不过，谜底不是小数点，是零！"

"可是……"莘莘说，"老师，你能把谜底改一下吗？"

"奖品都给你了！"那人说，"快走吧！"

小姑娘走了，可过了一会儿，她又一次气咻咻地跑回来，说："老师，如果是'零'，就不是'身体小'，也不是'爱在数字脚边跑'了。肯定是小数点！不是零！"

那人说："没见过你这么死心眼的小孩，去，去，去！"

莘莘以近乎愚钝的方式，试图把是非曲直清点得明明白白，她容不得混沌、含糊。她虽然得到了一件奖品，但发奖品的那人无论如何也想不到，奖品宛如一把利剑，挑开了大人不可理喻的一面：武断、盲目，甚至小小的可笑、愚蠢。

摘选自秦文君著《一个女孩的心灵史》

江苏省特级教师
胡志红　出题

1.《幸福课》中的"幸福课"指的是什么？请结合小说内容说说你的理解。

2. 优秀的作家，他们的作品会形成自己的风格。从这几个小说片段，你能分析、总结出秦文君老师作品的风格吗？

赵菱

星星列车

梨园明月

风车开满我的家

风在林梢

祁智叔叔说赵菱老师

少女时代开始写作，一部部繁花
至今仍是少女，一步步蹁跹
轻松的笔调书写苦难、纠葛
看似少不更事，却是满纸心事

星星列车

小柔站在一片浅紫色的花田旁，已经站了很久。

野兰花静静地盛开着柔软的紫花，轻盈得像一团团淡淡的云雾，把小柔身边的空气都染成了淡紫色，她觉得自己也变成了一朵浅紫色的花，轻轻浮在花田上空，俯视着广阔无边的田野。

"花朵是怎么盛开的？青草的种子是从哪儿飞到田野上来的？野兔的家里有关于人类的童话书吗？在野兔的书里，人类扮演着怎样的角色？桑葚是男孩，草莓一定是女孩吧？因为桑葚的皮肤紫红，看起来就像一个憨厚的男孩，而草莓看起来就像一个天真无邪的有着粉红脸蛋的女孩……"小柔是个热爱幻想的女孩，这在周围的人看来有些不可思议，小柔的爸爸尤其不喜欢这一点。

有一次做作业，老师要求大家写出一组关于春天的句子，小柔握着铅笔，安静地想了一会儿，写下一句话：春天，我发芽了。

小柔懵懂地低头望着自己的胸口，想：我也是会发芽的啊。我的胸口就像有一颗小小的种子，当我感到快乐的时候，这颗种子就会在心里长成一架风琴，风琴被风的手指温柔地弹奏着，发出轻轻的乐声，像清澈的水一样在我身体中流淌：流淌过手臂，手臂上盛开出鹅黄色的迎春花；流淌过手指，指尖绽放出粉红色的蔷薇；流淌到脚丫那儿，淡蓝色的玉簪花就开放了，散发出宁静的清香。我感到自己就发芽了。

但是没人懂得这感觉。

小柔不想把这感觉告诉任何人，她觉得除了自己，没有人能懂得这种感觉，他们只会嘲笑自己在做白日梦，整天说些颠三倒四的梦话。

"如果有一个人能懂得我说的话就好了。"小柔想，"即使是一只调皮的野兔也行啊。"

小柔刚想到这里，忽然听到一个声音轻轻地说："我能听懂。让我带你到属于你的世界去吧！"这声音是从花田里传出来的，带着一股淡紫色的柔软馨香。

"你能带我到哪里去呢？"小柔问。

"这是星星列车，能带你到别人都没去过的地方。"

"可以到我心底深处去看看吗？"小柔充满期待地说。

"当然可以。"男孩说着，把手中的星星轻轻抛到花田的上空，那颗流动的星星忽然像融化的水一样，飞快地向前流去，流淌成一条蓝色的小溪。

小柔不由睁大了眼睛。

蓝色的小溪渐渐地升高，四周长起透明的浅蓝色玻璃窗，车身是深蓝色，印着一颗颗鹅黄色的星星。车门缓缓打开，一只穿着玫瑰红列车服的黑猫探出头来，问："要乘坐星星列车吗？"

小柔连忙跟着男孩走上列车，黑猫让男孩进去，却拦住小柔说："你还没买票呢！"

"多少钱？"小柔说着去摸口袋。

"你应该问要多少个梦。"黑猫歪着脑袋望着小柔，"每去一个地方，要付一个梦给我，星星列车是靠梦的力量行驶的。"

摘选自赵菱著《星星列车》

梨园明月

金梦家只有一个爷爷，爸爸妈妈去做生意，他在家只能跟着爷爷生活。

爷爷不会做饭，不管荤素，都是胡乱搭配。他用洋葱炒过海带，用苦瓜炒过白菜，还用河蚌炒过豆角，说起来让人笑掉大牙。连油盐酱醋也是一通乱放，别人端出来的炒蔬菜，绿是绿，白是白，紫是紫，红是红，他端出来的炒蔬菜，不管蔬菜本身是什么颜色，通通都是黑乎乎的，散发着一股烧焦的气味，没人敢尝他炒的菜味道到底如何。

金梦吃着这样的饭菜，瘦得像只小猴子。小孩子嘴巴哪有不馋的？他有时闻到别人家做了炖鸡、炸鱼等好菜，嗅着香味忍不住就到了这家。他是个机灵得出奇的孩子，到别人家后绝不流露出一副眼巴巴的馋嘴样子，而是立刻手勤脚快地干起活来，扫地、烧火、择菜，他样样都做得又快又好，脸上又总带着天真快乐的笑容，哪个婶娘看到他，都会怜爱地摸摸他的头，再给他盛一碗好吃的。

久而久之，麦芽就给金梦取了个外号"闻香到"，讽刺他只要闻到香味，立刻就会马不停蹄地赶到。

这时，妈妈把萝卜丝切好了，放到一只红瓦盆里，和摊好的金黄蛋皮、香干丝拌在一起，用手轻轻地抓了抓，再加上调料，就熟练地用一双特制的长竹筷搅拌起来。

妈妈搅拌这道"凉拌三丝"的时候，月秋注意到，妈妈的双手竟然和手腕不是一个颜色！妈妈皮肤很白，她的手腕雪白雪白的，但双手却呈黄褐色，手上的皮肤比较粗糙，手指上的纹路里浸染着酱油、醋的颜色。

月秋恍然意识到，原来妈妈的手是由于长期做凉拌菜，才被调味品染成了洗也洗不掉的咖啡色。月秋心里酸楚难当，手握着萝卜，忘记了切。

太爷是个老戏迷。

月秋听太爷讲，他年轻时挑着青竹扎的扫帚，背着盆口大的锅盔做干粮，一口气走过界首，走到南京。那时他腿长脚健，三天三夜走下去，卖了扫帚，换了南方精细的大米和盐，再头顶星星走回家。饿了就啃几口烙得焦黄的锅盔，渴了就弯腰随便在哪条小溪里掬两捧水喝。星星落在水里，被太爷粗壮有力的大手捧在手心里，亮晶晶地滚动，年轻的太爷就饶有兴致地看一会儿手心里的星星，再一仰脖子，把落有星星的溪水喝下去，抹抹嘴继续赶路。

有时路过一片茂密的野梨树林，为了壮胆，太爷就一边走一边唱起豫剧《七品芝麻官》："锣鼓喧天齐把道喊，青纱轿里坐着我这七品官。想当年在原郡我把书念，凉桌子热板凳铁砚磨穿。盼到了北京城开了科选，我辛辛苦苦前去求官。三篇文作得好，万岁称赞，任命我为河南信阳五品州官……"

太爷唱起来的时候，满树的梨叶都快乐地沙沙作响，仿佛它们也生长着嫩绿的小耳朵，一路倾听。

摘选自赵菱著《梨园明月》

风车开满我的家

通往揽月中学教师宿舍的路上，种植着洁白的风车茉莉。

那是我第一次看到这种花。

一朵朵小巧、精致的白色花朵，长成风车的形状，在微风中轻轻地摇曳着轻盈的花瓣。一路走过，无数朵小小的纯白风车，在我身后快乐地旋转。

在开满风车茉莉花的尽头，是老师们居住的宿舍。

这是一栋旧式的老楼，有一个长长的走廊，沿着走廊走过去，依次能看到每一位老师生活中的一角。

教美术的毛老师，窗帘就是一幅画在布上的油画，上面画着深不可测的蓝色大海，海上有一个橘红色头发的女孩，乘着一枚巨大的贝壳，驶向大海深处。

教数学的袁老师，很会过日子，他家的窗台上常常晾晒着风干的橘子皮、蒲公英、野菊花，有时是切成条状的萝卜干、切成片状的红薯片和红红绿绿的新鲜辣椒。

教历史的张老师，喜欢摄影，一有空就到田野里去。他拍了很多有趣的昆虫，客厅的墙上挂着长辫子天牛、背上闪烁着红色斑点的瓢虫、举着食物的蚂蚁……像一个奇妙的动物王国。

她娴熟地登录上，又在屏幕上点击了几下，然后对着电脑说："妈妈，我在整理菜园呢，你看！”

她站起来，转动着电脑给妈妈看。

我心里一热，一股强烈的羡慕涌了上来。

我知道班里不少同学都有平板电脑，我家也有，但那是爸爸妈妈用来工作的，平时不许我随意乱碰。张茹这个小巧的平板电脑，却完全是属于自己的，一看她那熟练的操作就知道。

我的爸爸是个很节俭的人，一件衣服都穿很多年，不穿到像软塌塌的白菜叶，是绝对舍不得换掉的。我的衣食住行都比同学简朴得多，即使是零花钱，爸爸也常常提醒我要积攒下来，不要乱花。为此，他还特意给我用鞋盒做了一个存钱盒，分为上下两层，一层放纸币，一层放硬币。

我的视线一直随着张茹的平板电脑转，心里酸溜溜的。

摘选自赵菱著《风车开满我的家》

风在林梢

有一天上午，阳光很好，我看到他对着教室的墙壁，双手交叠，饶有兴趣地做手影游戏。先做一个大尾巴狼，凶恶地张开血盆大口；

随后又变成一只娇弱的小白兔，似在拼命地逃跑；接着，白兔的脑袋消失了，一朵柔软的栀子花盛开了，那朵光与影变成的浅灰色的花，久久地盛开在洁白的墙壁上，像一个温暖的祝福。他仿佛知道有人一直在惊奇地望着他，这朵花，就是他送给凝视着他的人的礼物。

那一刻，我的脸莫名其妙地红了。

那天晚上，我梦见自己站在一片苹果林里，每一棵苹果树都亭亭玉立，枝头盛开着洁白的花朵。我在苹果林里行走，仿佛走在一条柔软馨香的隧道里，隧道很长很明亮，却怎么也走不到尽头。无意中一低头，我惊奇地发现，自己身上穿着一条布满苹果花的裙子，纯白得像三月的雪。

醒来后，放在我床头的，仍然是那肥大的蓝白相间的校服。

白天，我和陈皮兔偷偷去老琴房的时候，把一瓶淡紫色的话梅悄悄地放在了风琴上。

那个夜晚，我们听到季小飞反复地弹《梦中的婚礼》，连我身边的野葡萄叶都听得沉醉了。陈皮兔在我耳边轻声说："季小飞比尹伊弹得好多了！在黑暗中她还能弹得这么好，这次她肯定赢了！"

说完，我看到陈皮兔的眼睛闪闪发亮，像蒙了一层薄薄的泪光。

我轻轻地点了点头。

季小飞的琴声，像一只温柔梦幻的手，轻轻地开启了平凡女生心中那扇紧闭的门。她让我们第一次意识到，原来美有着包容这个世界的万千内容，有着无数种闪亮的侧面，而不仅仅是一个人的面容与身材。

第二天，我们再悄悄去老琴房的时候，发现那瓶话梅不见了，风琴上多了一朵天蓝色的喇叭花。

安安立刻放下手中的佐料瓶，把耳朵竖得尖尖的，一动不动地倾听。

他不知道这是什么曲子，只觉得仿佛走到了幽静、翠绿的森林中，一朵朵莹白的蘑菇悄悄地撑起小伞，淡紫色的风铃花张开了铃铛般的花朵，野草莓红艳艳的，一条小溪从树林中穿过，发出绿色丝绸般柔软的光。雨珠滴溜溜地从树叶上落下来，落到白色的睡莲花上，在嫩黄的花蕊上滚动……

安安听得呆住了。

妈妈一连喊了几声他的名字，他都没听到。

他的心好像被一根看不见的丝线紧紧地牵扯着，一直飞到了对门的钢琴房里。直到钢琴声停止了，安安还呆呆地坐在那里，他感觉从心底深处，一直到手指尖，都麻酥酥的，一种从来没有过的感觉席卷了他全身，像喜悦，像感动，又想要流泪，让他忍不住颤栗起来。

摘选自赵菱著《风在林梢》

江苏省特级教师
华雪珍　出题

1. 你喜欢《星星列车》中那辆"星星列车"吗？你觉得自己能乘上"星星列车"吗？

2. 从《梨园明月》中"粗壮有力的大手"和"亮晶晶地滚动"等描述中，你体会到了什么？年轻的太爷为什么要手捧滚动着星星的水饶有兴致地看一会儿，再喝下去？他喝下去的仅仅是溪水吗？

陆梅

梦想家老圣恩

像蝴蝶一样自由

无尽夏

祁智叔叔说陆梅老师

我认识或者知道的陆梅，有好几个，其中"两个"与"文学"有关。

一个是我"认识"的，在《文学报》工作的陆梅老师；另一个是我"知道"的，写儿童文学的陆梅老师。

"认识"和"知道"不一样，"知道"只是知道而已，是不认识。

我认识《文学报》的陆梅老师，有好多年了。我们在作品研讨会、新书发布会上见面时都互相致意，但我记不得我们是否说过话——"你好"除外。在我看来，她始终是矜持的，至多抿嘴一笑。

我知道写儿童文学的陆梅老师，也有好多年了。我在报刊的新闻报道里知道她，在各种书展的活动计划上知道她。我有广泛阅读的习惯，自然，我从作品中知道她。

有一次，我看到陆梅老师的照片，觉得好面熟。但这个面熟，并不是把她与《文学报》的陆梅老师联系起来了，而是想到了冰心。我当时的感觉是——

她像冰心，而且会越长越像。

　　我以为，中国没有哪一位儿童文学作家会比陆梅老师长得更像冰心。

　　《文学报》的陆梅老师与写儿童文学的陆梅老师，其实是同一个人。但"像"冰心，让我在很长的时间里，把"一个"当成了"两个"。当然，这只是一个原因。另一个原因是，我没想到《文学报》的陆梅老师，会写儿童文学。她是个很好的记者，这让我顽固地把她和职业联系在一起。

　　后来我知道，陆梅老师写的第一个儿童文学作品，给了上海少年儿童出版社的张洁老师。张洁老师内秀而沉静，陆梅老师好像和她有些相像，陆梅老师的作品好像就应该给张洁老师。巧的是，我在鲁迅文学院做过张洁老师的班长——见面或者电话里，张洁老师都是无声地笑一下，然后咏叹似的喊："老班长。"

　　陆梅老师创作的儿童文学作品，色调是蓝色的，基调是忧伤的。蓝色与忧伤，应该是少女的"标配"。当她准确地抓住了这个特点，她的作品就"活"了，作品中的人物也就"活"了。蓝色的风，吹来吹去，既没来由，又满腹心思。

一堵墙会对另一堵墙说什么？

　　这是陆梅老师抛出的问题。这里面有寂寞与无奈、渴望与怜爱。

在拐角处碰头。

这是陆梅老师给出的答案。这里面有梦想与努力、生命与悲悯。

现在，我当然把《文学报》的陆梅老师与写儿童文学的陆梅老师"合二为一"了。

在我们当中，不少人在一条路上一枝独秀，但也有不少人，在两个频道里花开两枝，甚至在更多的领域繁花似锦。未必都是理想远大，要奔壮丽的前程，只不过是喜欢。

因为喜欢，所以喜欢。

否则，就不会有《文学报》的陆梅老师和写儿童文学的陆梅老师。

陆梅很多，但加上"标签"后就很少，或者两个，或者一个。

或许同时代还有陆梅老师在写作，或者以后还有陆梅老师写儿童文学——甚至若干年后，《文学报》再进一个陆梅做记者，也未可知。

但是，越长越像冰心奶奶的，大概只有这个陆梅老师。

梦想家老圣恩

收到了刊有自己文章的杂志和第一张稿费单后，老圣恩学《论语》的兴致大增。有一天，语文老师要求全班同学每人买一本《作文大全》，每周摘录一页《作文大全》里的好词好句。老圣恩回来嚷嚷，爸爸妈妈异口同声回绝：不买！老圣恩挠头：怎么你们像商量好了的？妈妈卖关子：你说呢？老圣恩仰天长叹：其实啊，我也不喜欢抄《作文大全》！爸爸趁热打铁道：你就摘抄《论语》吧！《论语》里的好词好句多的是！

老圣恩上学以来第一回没有遵照老师的要求去做，全班34个同学，33个都买了《作文大全》，就她一个摘录的是《论语》。组长赵欣洁收本子的时候，她战战兢兢交了上去。没想到第二天摘录本发下来，老师给了她一句鲜红的批语："你读的书很深奥！"老圣恩大喜过望，回来后第一时间播报。

更叫她得意的是，有时候她写的字连老师也看不懂，老师不再轻易批"×"，而是会郑重其事向老圣恩"请教"——

"你看，这个字是《论语》里的字呢，还是你写错了？"

老圣恩费力地睁开眼，第一个问题，问自己：今天星期几？不是星期六，也不是星期天。完了，一个实实在在的、不可移动的事实：还得去上学。多么不想起来，昨晚实在是太兴奋了，都没好好睡。老圣恩伸出头，又更深地钻进被窝，让友好的黑暗吞没她。哎呀，如果我有一台时光倒流器就好了，那样，可以让早晨慢点来，我还能美美睡一觉……

昨晚还满意于自己拥有一样法宝，现在又祈望新的宝物了。老圣恩对自己的"朝三暮四"做了一秒钟的检讨，百般不情愿地钻出被窝。因为妈妈已经在加大嗓门一遍遍地催了。

在所有的书里，老圣恩最喜欢有魔法的书。

在所有玩过的游戏里，老圣恩最喜欢有魔法的游戏。

——小孩子都喜欢魔法。哪个小孩不喜欢魔法呢？妈妈这么认为。

可是老圣恩不这么想，她信誓旦旦地说："妈妈，不是这样的，不是每个小孩都喜欢魔法的！比如我们班李雁南她们，就不喜欢魔法！"

"嗯？不会吧？！"妈妈表示不大相信。

"就是这样的，我们班的好学生不需要魔法，她们每天除了读书还是读书，她们只需要好成绩！"

"哦，是这么回事啊……"妈妈恍然大悟，可也不想太过流露出赞许。老圣恩脑子鬼得很，明明是拿魔法来给自己的懈怠找理由。按老圣恩的逻辑，成绩好的同学不需要魔法，也不喜欢魔法。喜欢魔法的，都是像她那样的顽皮孩子。或者换一种说法，顽皮孩子更需要魔法，尤其是在他们不想做功课的时候、挨老师批的时候。

摘选自陆梅著《梦想家老圣恩》

像蝴蝶一样自由

老圣恩遐想着，周身被秋天的阳光和植物笼罩。第一次，她从内心深处生出对家的倚赖和渴盼。"安妮，我知道为什么金房子会有这么多花和树了……"

"为什么？"

"因为这儿是它们的家，很多孤单灵魂的家。"

"小姑娘，你说得真好！"安妮拢过老圣恩结实的小身体，宽慰地笑了，"这儿是收留灵魂的家。树的灵魂，花的灵魂，草叶和露珠的灵魂……你看这棵老榆树，苍劲古老。还有这棵老橡树，都好几个世纪了，比我这个老灵魂还要老。它们都是金房子的保护神。还有这些花！"安妮环手一指，"你知道吗？春天的时候，这里到处是花开的声音……"

"花开的声音？"

"每一朵都不一样，它们不是一起开的，而是一棵一棵、一朵一朵地开，有的热烈，有的羞怯；有的噗一下，有的呼啦啦像一阵风拂过原野；有的悄无声息，有的像雪落时的'扑簌簌'；有的似小婴孩的呓语……嗨，太多种声音啦！"

"这么美啊！"老圣恩无限神往地说，"我也喜欢花和树，怎么就没听到过花开的声音？"

"很多时候我们只听得到那些无用的大声，只有心静的人才听得到细微美好的小声。"

这些日子，她越发地喜欢上了金房子和门前那座迷宫般的大花园。她太想在十一岁来临之前好好探究一番了！倘若真像安妮所说，十岁是一个孩子接收神秘指引的最后期限，那么她得抓紧了。平生第一次，她感受到了时间的紧迫。原来长大也不尽是美好啊。她曾经多么渴盼长大，长大了可以不用做那么多的功课，可以随心所欲地玩儿，想去哪里就去哪里……可是现在，她突然想慢一些长大。长大，也就意味着她将从此失去安妮，失去天堂般的金房子，还有那些孩子！她才刚刚认识他们：哈娜、爱娃、莉莉、彼得、鲁特、埃丽卡、多丽丝、妮娜……一个个小身体像纸片一样薄，却有着可爱的脸庞，眼神柔软，笑的时候都特别像六瓣的星星草花，敏感而羞涩。

看到他们时，老圣恩生出异样的感觉，她感觉他们都是星星草变的——没错，院子里那一闪一闪的星星草都是这些孩子的化身！想到这样一种可能后，老圣恩倒也释然了——在她第一次靠近星星草时，那些忽闪的叶子一下子关闭了通向外界的窗口。

安妮的歌声在走廊里一遍遍回旋，老圣恩竖起耳朵。一个孩子的声音。又一个孩子的声音。很多个孩子的声音。昨晚上的那些孩子又一次踏着月光而来！他们像是轻盈的蝴蝶，悄无声息地落在了走廊上，挤挤挨挨地低语浅笑，忽闪着闪亮的大眼睛。

老圣恩接过安妮眼里的忧伤和执拗，点了点头。眼前的景象叫她不可思议！可是这些天来，她的所见所闻，她所经历的一切，哪一样是可思议的呢？但是她又觉得，她所经历的一切，她的所见所闻，都是真真切切的存在。带她来金房子的安妮不用说，这些日子，是安妮给她做可口的比萨饼，炖香浓的奶油肉丸子汤；是安妮带着她认识了金房子里的花草树木，告诉她植物也是有灵魂的，即便是星星的孩子、花树的孩子、蝴蝶的孩子，只要是真真切切存在过，他们就是有灵魂的，他们是精灵和天使……

还有眼前这些孩子，老圣恩承认和他们的缘分，只缘于薄薄的一张画纸，可当真看到画的主人，又听了妮娜和多丽丝的遭遇，她又觉得他们是如此真实地活过，即便他们化作了星星草，她也能感受到草叶的呼吸。只要你的心足够静，你就能感知到生命的传递，或者像妈妈说的，只要你强烈地希望这个人不死，他就会以另外一种形式活着——这也是安妮所说的"向死而生"吧？

这个中秋节的夜晚，老圣恩第一次强烈地感知到"命运"这个词的含义。她想起来金房子的第一个晚上，安妮问她是否相信命运，她当时不知如何作答。此刻、现在，她终于理解了什么是"命运"。所谓命运，也就是生命的轮回。世间每个事物都有自身的生和死，有历史和命名。一朵花、一株草，甚至树上掉下来的一滴夜露，都是有生命的，有它的生和死。只不过有些生命太微弱了，我们常常会忽略它的存在；有些生命又太过波动，以至于我们也很难感知到……这么想着，老圣恩心里一动，冥冥中似乎有了一个暗示。

妈妈脑海里翻腾着一些树的影像：白桦树、银杏树、香榧树、凤凰树、老桂树、核桃树、枫杨树、金合欢树、辛夷花树、橄榄树……每闪过一种树，脑海里连带着唤起对这种树的记忆——是在哪里、又是在怎样的情形下遇见了这样一棵树。

混沌中，她和大片古树相逢了——

她走进一片香榧林。眼睛所见，到处是深邃幽绿、姿态万千的香榧树。它们就那么恒久地站着，站了百年、千年。那些树，可真是古老啊！少说也有五百年、一千年的树龄了。深褐色的虬枝四舞，被累累果实压弯了腰。它们就那样自在地生长着，长在山林、坡地、石缝和罅隙间。浓密的树冠犹如一张天网，蔓延在天地之间。

她抬头往天上看去，哪里还见得到天！越往林中走，越是苍翠葱郁。她放慢了脚步，清晨的山雾纱幔一样笼罩过来，一层层披在树的枝丫上、密实的树冠上。被纱笼罩着的大树，越发缄默了。

115

她就在这时候听到一声叹息，深长幽远。循着声音，她穿行在树与树之间。明明可能是一个幻觉，她还是停不下脚步。她被一种奇怪的心绪牵引着，感觉灵魂要出窍了。她不敢相信自己的眼睛，可她的确是看到了——一个褐发白衣女孩轻盈地走在前边，侧过身冲她宛然一笑，那面容就像是她多年的老朋友！她定住神，瞪大眼，可是，就那么一眨眼，女孩不见了。她确信自己没有看错，于是紧步上前。可是，除了挤挤挨挨的树，再也不见女孩的踪影。

摘选自陆梅著《像蝴蝶一样自由》

无尽夏

在檀岛，多的是猫。我喜欢猫。火奴鲁鲁是我养过时间最长感情最深的，她很会恃宠而骄，只要我一声呼唤，她就"喵喵"两声，很快出现在我面前。有时嘴巴里还咬着一只蝴蝶或是蜥蜴，就那么巴巴地望着，一脸无辜。火奴鲁鲁捉昆虫可不是为了吃，她逗它们玩，还据此邀功，我喜欢她跟我撒娇的样子，把捉来的虫子往我脚边一放，在地上打几个滚，再伸伸懒腰，仰脸摊个大肚皮……她是邀我挠痒痒呢！

我懒得出门，火奴鲁鲁就踞坐在沙发上陪我，别看她悄无声息，睁一只眼闭一只眼，耳朵可灵，房间里一有动静她就伺机而起。有一回我蹲在书墙前翻书，一只壁虎从窗缝里探进身，火奴鲁鲁一个凌空飞跃扑向窗子，一只翠绿的小壁虎被她咬在嘴里。我猜壁虎是来乘凉的，房间里凉快，我示意她放生，她瞪大绿眼看着我，终于还是张了嘴。小壁虎惊魂未定，一个鲤鱼打挺，"嗖"一下窜上墙，回原路逃之夭夭。

摘选自陆梅著《无尽夏》

117

江苏省特级教师

杨树亚　出题

1.《祁智叔叔说陆梅老师》中写道："一堵墙会对另一堵墙说什么？"陆梅老师回答："在拐角处碰头。"想一想，陆梅老师的回答好在哪里？如果你遇到这个问题，会怎么回答呢？

2.祁智叔叔说，陆梅老师的儿童文学作品"色调是蓝色的，基调是忧伤的"。读完陆梅老师的《梦想家老圣恩》《像蝴蝶一样自由》《无尽夏》这三个小说片段，你同意祁智叔叔的说法吗？你对陆梅老师的作品如何评价？

郭姜燕

蘑菇汤

南寨有溪流

祁智叔叔说郭姜燕老师

文字给你以生命
你给文字以灵魂
敬畏、疼爱、悲悯
唯美、向上、求真

蘑菇汤

七手八脚，我的鞋就离开了双脚。

脚底一片冰凉，地面是潮湿的，我知道洗手池破了一个小洞，有人洗手的话水就会流到地面上，男厕所的地面每天都是湿漉漉的。为什么没有人来修这个池子？它已经漏了不止一年了吧！我的袜子湿了，水好像沿着袜子在朝上蔓延，到了脚趾缝里了。

好冷！心都凉了！

我诅咒着洗手池的时候，头被人朝墙上推了一把，后脑勺抵到了墙上。

"一米三，真的只有一米三！"

我闭上眼睛，不再挣扎。鼻子酸了，嗓子眼儿也酸了，接下去就轮到眼睛了。不要！我不要流眼泪！

上课铃救了我。他们一哄而散，在我眼泪还被关在眼皮中的时候。

我擦了眼泪，把湿漉漉的脚伸进鞋子。

比赛过后，我在班里红过一阵，然后不那么红了，渐渐地，生活就和以前一样了。

似乎还是有点不一样了。

我发现了家里的一本旧影集，从里面泛黄的照片中确认了一件事：我爸小时候的确很矮，我和我爸的样子很像。一句话，我是我爸的亲生儿子。从那以后，无论他们说什么，我都不会怀疑这一点。我暗自庆幸自己的理智，没有去做 DNA 鉴定，省了好大一笔开支。

还有还有，我去厕所量过身高，当然是没人的时候量的，因为大家对量身高似乎已经失去了兴趣，所有新鲜的事物变得不新鲜时，都是一样的结果。所以，没有人为我看数据，所以，我也没能知道自己到底有没有长高。

不过我已经不在乎了。

——《厕所里面量身高》

外婆做的菜都是颖儿爱吃的，每次吃外婆做的菜对颖儿来说都是享受。

这次却不同。

所有人的注意力都被太婆吸引过去了。妈妈给太婆喂饭，勺子伸过去，太婆张开嘴巴。颖儿发现了太婆的嘴是一个"黑洞"，里面没有一颗牙齿，只有肉红色的光秃秃的牙床，那个"黑洞"吞进了一口米饭，开始一张一合。颖儿眨了眨眼睛，移开目光。

太婆的"黑洞"忽然闭紧了，喉咙里发出呼噜呼噜的声音，紧接着剧烈地咳嗽起来，"黑洞"中的米粒喷了出来，四溅飞散，有的粘到了妈妈和外公外婆的脸上身上，有的落入了桌上的饭菜中，有一粒停在了颖儿额前的一根头发上，在颖儿眼前晃动。

颖儿一阵反胃，她恼火地放下筷子，推开椅子，留下刚刚动过一口的米饭，离开饭桌。

外婆满是歉意："颖儿，我给你重新盛一碗好吗？"

妈妈拍打着太婆的背，帮她止住了咳嗽，擦去太婆嘴角的米粒，说："妈，你别管了，她饿了有零食。"

颖儿内心涌出无限的孤独。尽管这样，她也不愿意再坐回饭桌边，去面对那些沾染过太婆口水的饭菜。

吃过饭，妈妈推着太婆去散步，要求颖儿也跟着。颖儿拒绝了。妈妈说："那你就好好写作业吧。外公外婆要午睡，不要弄出动静来影响他们。"

这明明就是要挟。颖儿知道妈妈的伎俩——要么跟我走，要么做作业，就是不要打自己的如意算盘。

颖儿飞跑到太婆身边。太婆颤颤巍巍地拧开盖子，从里面掏出一颗水果糖，递给颖儿："丫头，糖！"

颖儿缩回了手："太婆，我是颖儿，我不是丫头。"

"丫头！糖！糖！"太婆把糖死命地塞给了颖儿。

那水果糖已经开始融化了，捏在手中黏乎乎的，一股甜味飘散开去。

颖儿不知怎么办。外婆把颖儿的手握住，说："快剥开吃了吧。"

外婆对妈妈说："丫头，你知道吗？她知道你爱吃水果糖，把人家喜糖里的水果糖都挑出来放进这罐子里。她得病前一直念叨着你能回来，有小孩子来玩，她什么都肯拿出来，就是不让人家动这糖罐子，她说这是她给丫头留着的。她得病后我以为她忘记了，谁知道竟又想起来了。"

妈妈的泪水已经挂满了脸颊。

太婆半张着嘴，笑嘻嘻地注视着颖儿，不停地说："丫头，吃糖！丫头，糖！"

不需要妈妈说什么，颖儿剥开糖纸，把已经完全变了形的糖块放进了嘴巴，使劲咂吧了几下说："真甜哪！"

太婆笑了，那满脸的皱纹全都舒展开来，好像所有甜蜜的记忆重又回来了。

——《太婆的记忆》

摘选自郭姜燕著《蘑菇汤》

南寨有溪流

即使有阳光，林子里也是昏暗的。现在天色越来越暗，林子里也更加黑了。

雾气配合着黑暗，像一张大网笼住了林子。

雾气钻入林子，像游蛇，林子愈发潮湿与神秘。这样下去，哪里还能找到回家的路？

金小溪想哭。

对金小溪来说，值得哭的事情实在太少太少了。挨骂被打她都不哭，有时候会有眼泪出来，但那都是疼出来的，心里不难过就算不得真正的哭。眼泪代表内心的伤痛那才能算哭。

此刻，金小溪想哭了。她真的有些害怕了。她已经连续几次撞到了树，那还是能看见的时候。天黑下来之后，她会把自己撞晕在树林里吗？会有"鬼"出来吗？也许真的有"鬼"呢，一般"鬼"都是夜里才出来的吧？

金小溪的眼泪在眼眶里打转，快要迷住双眼了。她发现自己的面前不是树，而是山石。准确说来，是一个山洞。

金小溪往山洞里看了看，什么也没看见。她轻轻叫道："有人吗？"叫声在洞内盘旋着，消散了。没有回音。然后，她听见山洞里有水滴落下来的声音。

✏️

"我没想到这个。"金小溪屈服了。

"走吧。"权老师拎起书包往金小溪怀中一塞，把她往门外一推，关上门。

金小溪和书包都被关在了门外。

她站了一会儿，看小操场上的两棵小树在阳光中摇曳着叶子，很惬意很舒展。小操场上没有人，教室里传来读书的声音，每个人都把声音拖得老长老长，慢悠悠的，很惬意很舒展。

大家都是惬意而舒展的。金小溪一个人，开始感到不惬意也不舒展。

权老师必定是不会原谅自己了。回去，阿妈会怎样？

算了，教室里至少还有个金小流，他看起来在做学问上会很有出息的样子，自己不读就不读了吧，回去还有很多事可以做的。

金小溪慢吞吞往山下走。走着走着，她忽然有些后悔，应该再求求权老师的，或者继续僵持在办公室门外也好，说不定权老师这样做只是为了考验她呢？她这样轻而易举地放弃了，会不会太傻？

✏️

"胆小鬼"被他们看着，就开始表现自己的聪明，它在笼子里跳来跳去，还会沿着笼子走：用爪子抓住笼子上的小藤条，再用嘴咬住另一根，嘴和脚并用，围着笼子走一圈。

每天晚上，小溪都会把它放出来一会儿，它也不飞远，最多就在屋里飞几圈，然后落在小溪的肩膀上，或者站在她手指上。小溪让小流也像她一样伸出手指，她把"胆小鬼"捉到小流的手指上。

小流不相信自己的眼睛，他从来没有如此靠近过一只这样可爱的小动物。他不喜欢那些花花草草，不喜欢小猫小狗，他觉得它们都是没什么用的，还不如一颗土豆、一棵白菜有用。他喜欢数学题，喜欢学习，一部分原因是真的喜欢，另一部分原因还是因为权老师说过，学好那些功课，就可以离开南寨，走到更远更大的地方去，而阿妈也说，人要好好学习才能有用，学习是很有用的事情，小流就更喜欢了。

"胆小鬼"的爪子牢牢抓住小流的手指，抓得那么紧，让小流手指的血液都加快流动了，一直通往心脏，心跳也加快了。

一整天，雾气都没有散开。

这雾预示着一场或多场的雨。

金小溪愁容满面地看着窗外。原本一眼可见的青山都躲进雾中了，显得愈发神秘。即便什么都看不见，金小溪却记得那山的形状，哪里高，哪里低，像葫芦的那座山峰在前面，后面斜出来的像一把宝剑……山的那边还是山，到底有多少座山，金小溪从来没有数清过，因为她的目光无法到达远处的山。

而山外，又是一个怎样的世界？遇见涂蓝之前，金小溪从来没想过，也根本没有向往过，对她来说，南寨就是整个世界。

金小溪的心头，也笼罩着一层浓雾。

三个人围坐着，就着凉拌杂菜喝糊糊。阿妈不开口，金小溪也不敢说什么，金小流自然更不用说。空气像糊糊一样黏稠，叫人憋闷。

吃完饭，阿妈在灯下纳鞋底，小流的脚长得太快，旧鞋子都穿不下了。小溪和小流一边一个，老老实实写着作业。阿妈不说话，谁也不敢说。空气就更加凝固了。

金小溪心下有些后悔，早知道就不把那些难听的话讲给阿妈听了。她想起来阿妈被人欺负的那些日子，面对外面的世界，阿妈像老虎和豹子一般"狰狞"，吓退了很多来驱赶她离开南寨的人，可是关上门，阿妈会在夜里哭，哭的声音比山谷里的北风还要凄凉。那些日子，稍稍懂了点事的小溪听到阿妈哭，也蒙着被子哭，她哭阿妈可怜，也哭自己和小流可怜。

一番劝说后，涂蓝姐姐带着他们往深处去，一直走啊走啊，金小溪这才惊讶地发现，原来"鬼撞树"后面居然隐藏着这样的好地方——一条大河，四周是深邃的丛林，河水像宽大的绿色布匹在林间飘动，又像是一个巨大的秘密在缓缓流淌，这个秘密是静默的、神奇的……河边的野花开得无比绚烂，它们都是些小小的花朵，但看上去一点也不自卑，很有些小小的得意，这些花儿，似乎和林子一起，共同保守着这条大河的秘密。

金小溪不禁奔向那条大河。她无师自通地明白了，南寨的溪流其实是这条大河的孩子，它们从林间跑了出去，贪玩，欢乐。

金小溪和金小流坐在河岸边，把光脚伸进河水中。流速很慢很慢的河水叫人几乎感觉不到它的流动。河水是凉的，空气也是凉的。他们忽然感到有鱼撞到了他们的脚，还有鱼在舔他们的脚丫子，突如其来的惊喜袭击了他们。

春天的南寨，是个彩色的南寨。数不尽的野花，喧嚣着，奔涌在路边。

溪流从山顶上奔跑着向下，在南寨里散开，宛如顽皮的孩子们，到山下时又听到集合口令般汇聚成一股，一起冲下山，冲下山……

涂蓝说，这溪流，它们会一直奔涌到大海中去的。

大海，大海是什么样子的？涂蓝老师讲过大海，大海是比大河更大的水域，它们好像长生不老，一年又一年，永不疲倦，接纳着来自各方的水流，一直奔涌向前……

金小溪还是想亲自去看一看大海的模样。她想，有一天，她会和弟弟小流一起走出南寨，走到更远的远方去。

摘选自郭姜燕著《南寨有溪流》

江苏省特级教师
沙建华　出题

1.《厕所里面量身高》中，"我"原先最在乎的是什么？后来为什么不在乎了？看了《太婆的记忆》，如果你就是颖儿，听了外婆的话，你会对太婆说些什么，又会做些什么呢？

2.《南寨有溪流》中的金小溪和金小流，你更喜欢哪一个？请列举三点理由。你觉得金小溪能实现自己的梦想，走出南寨，看到大海吗？谈谈你的想法。

李东华

少年的荣耀

小满

焰火

祁智叔叔说李东华老师

1999 年夏天，一个十分炎热的中午，我在中国作家协会大楼，在创联部门前的走廊里，"撞见"一个姑娘。

我"撞见"的姑娘，穿最简单的衬衫、裙子、布鞋；两眼温柔，两腮饱满，看起来十分朴素。我隐约觉得她来自山东某地。

她好像认识我，而且知道我，脸上略微带点不卑不亢的笑。但我确实不认识她。

"东华，北大高才生，"作协创联部的老师告诉我，"在儿委会担任秘书。"

难怪！"东华"不仅知道我，应该还知道我们全国儿童文学讲习班的每一个同学。

再见面，就面熟了。交谈中了解到，李东华老师真的来自山东，和莫言老师是高密同乡。

"儿委会"，全称"中国作家协会儿童文学委员会"，里面名家云集，个性纷呈。能在这个委员会当秘书，一定不简单。

记得离开中国作协的时候，我和李东华老师擦肩而过。我忍不住回头看着她穿布鞋的身影，心里充满羡慕和祝福：

东华是离儿童文学最近的人。

当我们都在遥望儿童文学的金顶，东华就已经在圣殿门口说：

欢迎光临。

果然。

李东华老师整天和儿童文学大师在一起，受到的熏陶、汲取的营养，是难以用言语表达的。她就像一个新生的孩子，一张口就吃到了顶尖的饭菜，从此一生都是高品位。

除此之外，李东华老师有评论家的底子，有女性的细腻与敏锐，后来又有母亲的温情与热爱，所以，她的作品能读出暖光来。读着读着，自己也觉得明亮了。

2015年4月2日下午，我去中央电视台演播厅，参加"2014年中国好书颁奖盛典"节目录制。我已经被告知，长篇小说《小水的除夕》入选"2014年中国好书"。"颁奖盛典"于4月23日"世界读书日"在央视一套20：00播出，届时正式公布"2014年中国好书"。所有参加节目录制的人，都要求必须严格保密。

我在央视大门口等节目组的人的时候，看到了李东华老师。她依旧两眼温柔、两腮饱满，只是不再穿布鞋了。

我有一个秘密，要不要告诉李东华老师呢？

"祁智老师。"李东华老师喊我。

"东华老师。"我赶紧说，"那么巧——有事啊？"

"呵呵，是巧。有事。祁智老师也有事啊？"

"啊——有事。"

我发现我们俩都有点鬼头鬼脑。

我们先后被不同的人接进央视。我去了演播厅。过了一会儿,我看见李东华老师也进了演播厅。

我们都一愣,然后相视一笑,彼此保密的尴尬被互相入选的喜悦代替。

我忍不住对李东华老师说:"我本来想说的,又怕你没入选,尴尬。你的《少年的荣耀》挺好的。"

"呵呵呵……我没想那么多。"李东华老师很神秘地说,"《少年的荣耀》入选了。"

在我的"芝麻开门"系列新书发布会上,李东华老师两眼温柔、两腮饱满地说:"祁智老师,拿奖拿到手软……"

李东华老师2016年1月7日说的这句话,现在,我喜笑颜开地送给李东华老师。

少年的荣耀

雪纷纷扬扬下着。风一个劲儿往四面八方吹，吹到哪里都是白茫茫一片。雪藏起了大地，藏起了河流，藏起了村庄，藏起了路。要说沙良不喜欢雪，这既冤枉了他也冤枉了雪，有哪个男孩子不喜欢打雪仗呢？但今天的雪却像个坏人，绑架了他。

沙良迷路了。他脑海里还清晰地印着今天早晨出发时蓝幽幽的夜空，那时鸡刚刚叫过两遍，天地一片漆黑，他从北大洼村亲戚家溜出来，亲戚一家连最勤快的女主人都还没有醒。沙良很得意自己总能避开大人们的耳目，做他想做的事，雪却让这种得意转瞬间化为懊恼。

✐

沙良知道自己之所以不停地朝前走，并不是因为前方有着明确的方向的指引，而是沿原路返回变成了奢望。迷失在风雪中，起点和终点变得一样无法辨识，大地像一个巨大的白色的圆，他每往前走一步，圆的边际线就后退一步，他是被囚禁在中心的那个小黑点，永远走不出去。

雪停了。太阳从乌沉沉的云后射出冷冷的光，冰针一样的，扎得人脸生疼。沙良从太阳的方位判断出已是下午两点左右，居然已经走了七八个小时，而大木吉镇，也许就在不远处，也许早已离他越来越远。

沙良抬头望望前方，在毫无期待的目光里，一段青色的围墙，像梦一样，浮现在他的视线尽头。那就是大木吉镇的围墙。因为太高了，漫天的大雪也不能埋没它。

起初，沙良以为是疲惫造成的幻觉，但围墙稳稳地矗立在那里，像一个坚定的暗示——这一次他内心的狂喜，不会再是转瞬即逝的肥皂泡。

燕子从南方飞回来了，大木吉镇在它们的眼中也许陌生了许多——很多燕子一定找不到旧巢了。它们重新寻找合适的人家，在檐下或屋里的梁上，一口一口地衔了泥和草，大约半个月的工夫，一个新窝垒成了，里面铺了柔软的新鲜的草叶或者羽毛。沙良家的廊下就住进了一对燕子夫妇，不久，小燕子出生了，老燕子飞进飞出，觅食、喂哺，在穿梭中欢快地婉转地叫着。忽而有一天，小燕子们在初夏薄明的天光中，在父母的指导下，开始了第一次飞翔。

沙良的父亲见了，重重地叹气："燕子们都能学飞，孩子们倒无学可上，生在这样兵荒马乱的年代，人的命还不如只鸟呢。"

沙良的母亲说："得找人想想办法。地荒一年，来年还能耕种；人荒一年，就可能荒一辈子。"

沙吉的日子只剩下了抬头和低头两件事——抬头是看天上。他常常一个人坐在院子里，拒绝和任何人说话，无论是太姥姥还是沙良喊他，他都像没听见一样，呆呆地望着天空，在那里他又找到了新的朋友。秋日的天空高远了很多，云朵总是不停变幻着形状，有时候像马，有时候像狗，有时候竟然和大黑猪一模一样——除了颜色！

沙吉喃喃自语，他在和天空打着赌。

他说："老虎！"

然而云朵变成了狮子的形状，沙吉输了。

他说："绵羊！"

云朵真的变成了一群绵羊，它们有厚厚的绒毛和卷卷的角，这次沙吉终于赢了。

有大雁飞过来了。沙吉喊："人！"大雁果然很听他的话，以"人"字形缓缓地飞过他的目光所能掌管的那一片天空。又一次，他喊："一！"这一次大雁还是依着他的话，以"一"字形飞过来了。

低头是看地上。沙吉能一整天都蹲在紫荆树下，那里有一个蚂蚁洞。经过了漫长溽热的夏天，蚂蚁们在为冬天做最后的储备，它们组成了浩浩荡荡的运输大队，它们运送的食物都是由沙吉提供的，他把馍馍的碎屑，点心渣渣，肉末，放到离蚂蚁洞远近不同的地方，以此来考验蚂蚁们的能耐。它们总能找到他设置的目标，并且每一次都能成功地搬运回家，即便是数倍于它们身体的食物，它们也能在彼此的协作中完成任务。

现在，沙吉权力大得像个国王，天空和大地都是他统治的疆域，他拥有一支由成千上万的蚂蚁组成的地面部队，也有一支由各种鸟组成的空中部队，当然，最令他骄傲的是他还有一支由神兽组成的部队——这些神兽躲在云朵的后面，它们来去都像魔术一样变幻莫测。

沙良突然听到一声他从未听过的尖叫，是那种人的皮肉在铁刺上划过时发出的尖叫。那是沙吉在叫，他看到他从黑暗的墓穴里冲出来，阿在脸色苍白地一路小跑着跟上来。后面一群人用担架抬出了伤兵。

沙吉从腰里掏出小锡枪——沙良以为他早就把这枪丢了，原来他一直带在身上。他把枪指向了潘子厚。五花大绑的潘子厚茫然地望着他，他的眼神显示了在他的记忆中并不存在这样一个男孩。

这个男孩有着凌厉的和比枪口更为空洞的眼神，他打响了他手中的枪，他用想象中的子弹，一共射出了两枚，一枚射向潘子厚的心脏，一枚射向潘子厚的脖子。

摘选自李东华著《少年的荣耀》

小满

夏日的一天早晨，我打开窗子，看见一个天使背对着我，站在窗外的三叶草草地里。

阳光扑头盖脸地浇下来，把蝉声都煮沸了。天使倏地转过脸，她满眼淡蓝色的忧伤，穿越遍地灿烂的阳光，击中了我。我脱口而出，问她遇到了什么麻烦，是否可以帮助她。我忘记她是给人间带来好运的天使，而我是等待天使带给我好运的凡间女孩。我想她那时对我的自不量力一定暗暗发笑。不过这个天使和邻家的女孩没什么两样，除了她有一双灰扑扑的翅膀。她的音色也谈不上甜美，甚至有点嘶哑，仿佛被露水打湿的蝉鸣。

天空是透明的蓝，没有一丝云彩。河水静静地东流，小满的目光顺着河水逆流而上，太阳西下，像一枚巨大的胭脂，点在天际。

小满更愿意让这一切只是止于想象。她庆幸自己能够管住心里那条小花蛇。也许上帝在每个人的心里都放了几条会咬人的小花蛇，它爱吃的食物是嫉妒、贪婪、冷酷、自私……有的人心里有很充足的食物饲养它，于是它就迅速地长大，吐着信子，随时伺机而动。小满不打算喂给它食物，尽管她知道她无法把它清除出去，它也是上帝馈赠给你的礼物，没法丢掉的。但她会看住它，不让它伤人伤己。

后来。

后来她站在山顶，山风浩荡地吹过来，吹乱了她的头发。漫山遍野的玛格丽特花在风中摇曳，洁白的花瓣，像雪，纷纷扬扬地落下来，就如同她此刻的心情，一片一片地破碎。剥落。下坠。

汪诗帆飞速地朝山下跑，他想去赶今天最后一班火车。开往北京的火车。崎岖的山路让他奔跑的身影有着连绵不断的起伏，她的视线也就随着他的背影不停地颠簸，他的脚步每一个微小的停顿、犹疑，都让她的体内缓缓地涌上温暖的侥幸的潮水——但是他没有改变方向，像一艘小帆船，在她目光的河流里急速地朝前行驶。

是否该让目光干涸，让他搁浅在自己的视线能够囊括的世界里？她这样想的时候，嘴角依旧微微笑着——还是她和他道别时的那朵微笑，有点僵硬，然而没有枯萎。

她当然不允许自己真这么做。就像她不允许自己哭。她只是宽宏大量地同意自己的心跟着他走那么一程。她一动不动地等在那里，等着另一个自己，亦步亦趋跟在他身后的自己，在蜿蜒曲折的宛如迷宫的山路上慢慢走回来。

摘选自李东华著《小满》

焰火

当然，你也可以说哈娜这个人完全出自我的虚构。

拙劣的虚构。

因为我马上就要写到她的美貌。无论怎么看，她都像一部庸俗小说里的女主角。但是，在二十多年前那个阴雨绵锦的午后，当她跟在班主任的身后走进我们的教室，首先点亮我们的双眼，并进而让昏暗的教室一下子明亮起来的，的确是她的容貌。这是没有办法的事情，当我们去审视一个人或者物的时候，不得不遵循这样的物理逻辑：先经眼睛看，然后才能用心体会。

人生是如此漫长，时光如沙粒，从我们的指尖迅速滑走。在沙粒与沙粒之间的罅隙里，多少日子如同陌生人一样从我们身边悄然溜走，它们面貌各异，却又如出一辙，一经走过立刻被岁月的尘埃湮没。只有极少数会幸运地留在时间的过滤器里，在一堆大同小异、平庸单调的日子里，它们鹤立鸡群，不同凡响。它们是别在记忆胸前的一枚徽章。是视线的焦点。

在哈娜进来之前，教室像一只蹲在雨地里的大狗，疲惫、慵懒、浑身湿答答、水淋淋。里面需要开着灯，才能看清黑板上的字。我确信哈娜的眼睛改变了这一切。当她黑黑的眸子从长长的眼睫毛里往四周那么轻轻一扫，那比溪水还要纯净的眼神，仿佛一下子洗净了这个昏黄的世界。你想到微风，流云，蔷薇的香气，灿烂的晴空。你忘记了那绵延不绝的秋天的雨水，以及与雨水相关的一切：泥泞的土路，散发着橡胶臭气的劣质雨鞋，连雨鞋都穿不起的脚裹在湿透的布鞋里，每走一步都"咕嗞""咕嗞"冒泥泡。

哈娜的头发是深栗色的，长长地披散下来，有一点点自然卷曲，并没有风在吹，但依旧像微微晃动的波浪。她的额头是光洁的，坦荡的。那小巧而挺拔的鼻子下面，是两片花瓣般的嘴唇，一笑，就露出整齐的洁白的牙齿。似乎她的头顶永远有一束追光在跟随着她，因而她的双颊闪现着阳光般柔软的光泽。

窗外传来了似有若无的钢琴声。前面我已经说过，那个时候，在我们那个小城，钢琴属于罕见的奢侈品，如果你的父母不是音乐教师，一个普通人家买架钢琴做什么呢？因而这不期而遇的琴声带给了我惊异，我几乎以为自己出现了幻听——好像又回到文艺汇演那一天，我坐在台下，听哈娜弹奏《亚麻色头发的女孩》。我支起耳朵，努力分辨它的方向，起初我以为是爸爸学校的音乐教室传来的，那里有一架钢琴，全校唯一的一架，平时几乎不用，总是用酒红色的天鹅绒罩子珍贵地罩着，仿佛它的作用就是一种象征而不是实用。但我并没有被打扰的不悦。在寂静的夜里，琴声如潺潺的小溪一样呢喃。它如此渺茫却又如此清晰。我们所住的学校的后面是一大片旷野，前面有一幢新建的楼房，在一片低矮的平房里，这幢楼像一群鸭子里站着的高贵的天鹅。我们家和这幢楼的直线距离不会超过二十米，但我从未到过那里，因为有一堵高高的围墙隔开了彼此，如此靠近却无法亲近，就是那种咫尺天涯的感觉。最后，我断定琴声是从这幢楼里的某个窗户传出来的。我把脸贴在窗玻璃上，朝那幢楼看去，很多窗户是黑着的，但也有一些窗户里流泻出橘黄色的灯光，其中的一扇窗子，几乎就在我视线的正前方，拉着白色的纱窗帘，里面映出的灯光最明亮，我固执地认为琴声就是从这个窗户里传出来的。

弹钢琴的是一个优雅的公主还是一位英俊的王子？琴声刚开始是舒缓的、轻柔的，含着淡淡的忧郁，在静谧的空气里荡起细小的波纹，像一个小女孩轻轻地诉说：黑夜不是魔鬼、妖怪和小偷的地盘，它属于花香、月色、虫鸣和星光。接着，它的节奏越来越快，活泼的、旋转的、跳跃的，像一支舞曲。我似乎看到一个穿着红舞鞋的女孩子踮着脚尖在地板上转啊转……那跃动的音符，打破了夜的死寂，让我有了一种归宿感。这种感觉伴着旋律的攀升，在我的心中筑起了一道厚实的墙，把孤独和恐惧从我的身边远远地隔离开。那种奇妙的感觉，一瞬间占据了我的心，让我隐隐地期待着。琴声好像懂得我的心语，持续了很久很久，似乎专为陪伴我，它不肯停下来。

烟花像一朵朵菊花，红的绿的粉的金色的，在夜空里迅速地绽放，又瞬间凋零。我和杜小美簇拥着哈娜，跑到窗前，我们像小女孩一样，把脸贴在窗玻璃上，玻璃把每个人的鼻头都压出一个小小的平面。我们尖叫，赞叹，就像过新年一样，就像头次过新年一样。一个烟花熄灭，又有一个烟花升起，这一次像流星，像焊接时飞溅的火花，像光的稻穗。等等！有个烟花居然打出了"哈娜"两个字！金色的"哈娜"，像闪电一样照亮夜空，又归于夜空。我屏住了呼吸，指给身旁的杜小美看，她什么也没有看到。她说我是看花了眼。但是我分明看到"哈娜"两个字在整个夜空绽放，一个两个三个……在每一朵烟花上都住着一个哈娜。

火树银花的热闹持续了不到五分钟。也许烟花的生命不能用"分钟"来计算，甚至也不能用"秒"作为计量单位。它用一毫秒来燃烧自己，却留给黑夜永久的灼伤。如果可以把这五分钟从时间的河流里切割出来，像水中央的小岛，这个小岛是柳暗花明的，是阳光灿烂的，随后就被汹涌的河水吞没，不复存在。它短暂，但是耀眼，耀眼到致盲。我看到哈娜的眼睛闪闪发亮，是无限痛惜，是无限满足。

✏️

我像一棵树一样站着，也像一棵树一样沉默着。我努力把自己在坚硬的地板上扎下根，我怕自己一不留神就会轰然倒下，事实上，我觉得自己已经轰然倒下了，只有一个壳，像蝉蜕一样留在这里。

摘选自李东华著《焰火》

江苏省特级教师

金立义　出题

1.《祁智叔叔说李东华老师》中，为什么说李东华老师是"离儿童文学最近的人"？

2.少年沙吉有什么荣耀？你或者你的同学，有值得书写的荣耀吗？

王一梅

合欢街
童年的歌谣
校长的游戏

祁智叔叔说王一梅老师

低幼起步，有了仰望视角
沉浸其中，好奇驾着童心
一切都被简约地白描
情到深处，浅唱也是高歌

合欢街

黎明之前，唐丽听见西面传来脚步声，"啪嗒——啪嗒——"，从无边的黑夜中传递过来，很规律也很踏实，像在敲打着大地的鼓。响了一夜的田鸡和纺织娘的声音渐渐弱了，断断续续。

唐丽的阿婆老早就醒了，点亮灶台上的一盏油灯，柔和的红光照亮灶台的一个角。刷锅，扫地，点柴禾，灶堂里飘出一团灰烟，唐阿婆嘀咕一声："柴受潮了。"灶头上的事忙完，就开始忙门窗。她支起其中一扇木窗，卸下一扇门板靠在墙上，墙上有一个门牌号：合欢西街1号。唐阿婆取下挂在屋檐下的篮子，篮子里是前几日挖的红薯，放进灶堂里煨。此刻，星星依然挂在天上，但不再是墨墨黑，远处的天边泛着微光。唐阿婆吹灭了油灯。

多年以后，唐丽想起自己的阿婆，总是想到那盏黑夜里的小油灯。茶色的玻璃瓶里装着煤油，瓶盖中间有一个孔，一股棉线从瓶盖外一直垂到煤油中，只要瓶底还有油，红色的火苗就能跳跃起来。

无论是寒冷的冬天，还是炎热的夏天，唐丽都会和阿婆一样早早醒来，迎接合欢街黎明的到来。

舅公到的时候，太阳升起了，光线一缕一缕照在人和牛身上，人和牛笼罩在红红的晨光中，很愉快的样子。

舅公把牛拴在唐丽家旁边的合欢树下，牛头牛背上很快就落上了粉红合欢花。

这棵合欢树老了，长在河岸边的泥地上，有一些根裸露在外面，还有一些根伸进了河边淤泥里，整棵树的影子都映在河面，河上有古老的石拱桥，桥边石头上刻着三个红漆的字：合欢桥。"合欢桥"三个字显得特别清晰。唐阿婆每年要给字描红一次，几十年了，从不间断。

走到桥上，一伸手可以采到合欢树的花。

桥、河、人、树组成了一幅画，阳光从羽毛一样的树叶和*丝丝缕缕*的花瓣中穿过，花的影子和落下的花重叠在一起，河水也成了粉红色的。

舅公和他的牛一来，河边就增加了牛粪和牛叫。"哞——"牛的声音很低沉，显得很快乐，然后一坨屎落在合欢树的根上。

"咯咯咯，咯咯咯——"洪爷叔背篓里的几只鸡跟着叫。

"嘎嘎嘎，嘎嘎嘎——""温吞水"背篓里的鸭也跟着叫了。

这些牛、鸡、鸭原本都生活在奔牛村，一大早被主人弄出来，稀里糊涂、胆战心惊地遇到了。

这时候会发现有一些人是从水路来的，他们摇着小船，船上装着一瓮瓮咸菜，一篮子一篮子菱白、毛豆……摇船的男人女人一路唱着《摇船调》："摇一橹来哟，扎一绷唉，沿河哟两岸好风光，片片麦苗绿油油，秋风送来稻谷香。摇一橹来哟，扎一绷唉，沿河花树盖船棚，好花勒得舱里厢，野蔷薇花勒得后艄头。"他们用小镇方言唱着，曲调很平，吐字很清晰，人人听得懂，个个都爱听，摇船唱歌时呼吸和着摇橹节奏，化解了腰部和手臂的压力，显得很轻松。船儿都从水路晃悠悠而来，这条水路和街同名，叫合欢河，合欢河摇船来的都是从其他村来的。

他们的声音渐渐淹没了脚步声，等脚步声听不见了，天也就大亮了。

他们就这样把老街唤醒，井醒了，河醒了，墙缝里的蜜蜂醒了，一扇一扇窗户醒了，石板路也醒了。

阳光蔓延在石板上，青色的，泛着光，石板下是空的，雨水可以从石板下流走，即使是下雨天也可以穿着布鞋从整条街走过。

两侧靠近石灰砖墙的石头缝里长着苔藓、野草莓、一串红、地雷花……石头与草和谐地沐浴在阳光下。

石板路的两边是木头门窗的老房子，墙面的石灰有的脱落下来，露出石灰下的青砖，有的墙因为潮湿变成了灰黑色。

人们反反复复打这老街过，鞋子总要穿坏的，穿坏了就要找冯阿公修；刀用着用着会生锈和变钝，就要磨，郝老伯的刀每天都在磨着。所以，老街的这几位都是顶顶重要的。他们做的活不重复，仿佛说好了一般：没人磨刀，好吧，郝老伯磨；没人做豆腐，丁家就做了；肚子饿了，吃碗钟老太煮的糖粥；有冯阿公修鞋子了，那么六角楼的老沙就修钟表了……每个人都固定在合欢街的一个方位。合欢街也就这样固定在人们的记忆里。

人们拉拉家常，购买新鲜蔬菜、油盐酱醋；走走停停，该卖的，卖掉了，该买的，也买到了。回来的时候，舅公的扁担斜斜地扛在肩膀上，扁担和肩膀构成一个角度。扁担的另一头挑着竹筐，贴着后背，竹筐里有采购来的肥皂、盐、黄酒等。

看看太阳都升上头顶了，大家就知道离中饭的时间不远了。"温吞水"、洪爷叔、舅公他们全都回乡下去了，牛也走了。老街的早晨醒得快，过得却很慢。中午，便异常安静了。

摘选自王一梅著《合欢街》

童年的歌谣

那么，他们演讲的内容是什么呢？

丁凤琴演讲的题目是"我的梦想"，大致内容就是她有一个白色的梦想，等她长大了要做一名医生，就像张医生那样，成为一名白衣战士，为了实现这个梦想，她现在要努力学习。

凤琴妈妈一听，高兴得不得了，瞧瞧，老丁家的孩子，从前穿上白衣服做豆腐，如今穿上白衣当医生，治病救人，听起来就让人欣慰。那件粉红色的衣服，正好，像一个梦，不对，不对，穿白色的衣服更合适，丁凤琴妈妈决定给女儿重新买一件白色的衣服。虽然，再买一件衣服，又要花一些钱，但是丁凤琴妈妈乐意，只要对女儿的成长有好处，她都乐意。

胡地丁演讲的是"我是一棵小草"，没错，名字就叫地丁，可不就是一棵小草吗？胡地丁写道：我姨婆瘦瘦高高，不爱说话，她是一棵灯芯草，看起来普普通通，却能发出光和热。我妈妈是一棵马兰草，风吹雨打都不怕，勤劳的人们都爱她。我姐姐是紫云英草，像一朵云，飘去了远方。我是地丁草，牢牢地扎进泥土里，抬抬头望见飘过的云，就做起了很美的梦。

丁凤琴说："妈，我的粉红色衣服不穿了，让胡地丁穿吧，她也写了梦。"

"你戆大（傻的意思）啊，她穿你的新衣服，把你比下去？"丁凤琴妈妈不愿意。

那胡地丁穿什么呢？她就穿姨婆做的那件棉外套，那件红蓝格子，后来配了黑边的棉外套。

还有杨林林，他演讲的内容是什么呢？他写了一首诗《小扁担》：小扁担，宽又长，担起白蒜和萝卜，担起稻谷和高粱，嗨唷唷，嗨唷唷，小扁担儿晃悠悠，好像鱼尾蹦蹦跳。小扁担，细又长，担起欢声和笑语，嗨唷唷，嗨唷唷，小扁担儿荡悠悠，一日更比一日好，芝麻开花节节高，节节高。

杨林林穿上黑褂子外套，像个小小农夫，再加上他的动作，他认为自己这样演讲必定得赢得掌声。

胡地丁拿着一棵灯芯草来到台上，鞠躬，然后说："演讲之前，我想问问大家，你们认识这棵草吗？"同学们摇摇头，现场一片安静，毛校长站起来，回答："灯芯草，从前我们用来点灯。"

这位毛校长，是合欢街小学的校长，瘦高个，肉肉的鼻子上架着一副老花眼镜，满面慈爱。他是土生土长的合欢街人，在合欢街当了一辈子老师，合欢街几乎所有的人都认识他。虽然年龄比较大了，但他身体轻盈，知识丰富，头脑中的想法很新颖，孩子们都喜欢他。

毛校长的回答引来了同学们一片喧哗声，有的惊叹灯芯草的神奇，也有的羡慕胡地丁的演讲有毛校长参与。

"灯芯草普普通通，长在水渠边，可是却能用来点亮一盏灯，散发光和热。我的姨婆就是这样的灯芯草，她听不见，也不怎么会说话，可是，她总是笑着，她还会做棉袄，她是一棵带给人明亮和温暖的草。

我的妈妈也是一棵草……"

　　草，草，草，大家就听见胡地丁在说自己是草，全家都是草。而且胡地丁的普通话发音确实有困难，她说灯芯草这个词的时候，一字一顿，"芯"字几乎听不见了。还有许多舌尖前音，也都说不好。所以等她演讲结束，全场稀稀拉拉响了几下掌声。

　　只有毛校长的掌声特别响，等大家都停止鼓掌了，毛校长还在鼓掌。毛校长被打动了，他从前也用灯芯草点灯，胡地丁的演讲勾起了他的回忆，他自己从没把灯芯草和温暖、光明联系起来，所以他认为胡地丁讲得真好。

摘选自王一梅著《童年的歌谣》

校长的游戏

　　袁达儿和冯宝青刚刚藏好了两只小鸟。

　　顾校长、张老师、唐丽老师、田甜、老袁、阿菜就都一起来了。

　　袁达儿看了一眼田甜，眼神里有一丝责怪。他没想到，田甜也是一个爱打小报告的同学。

　　田甜也垂下了眼睑，她想，是不是不应该带人寻找袁达儿？

冯宝青还向田甜挥了挥拳头。被袁达儿打了一下手臂，冯宝青才放下了拳头。

"掏鸟蛋、逃课，越来越不像话了。你说，为什么跑出学校？"老袁气得不停地拍打着手中的尺。他用这根高高举起，轻轻放下的尺，认认真真地打了袁达儿的屁股。尽管如此，袁达儿还是不肯说出为什么跑出学校。反正，在蓝城的时候，袁达儿就是这样的，在蓝城学校老师和同学们的眼里，袁达儿从来都不是听话的好孩子。蓝城的同学和老师早就给他贴上了"坏孩子""皮大王"的标签。现在，合欢街的那些人，爱怎么想就怎么想吧，袁达儿懒得说。

回到家里，老袁也缝不了衣服、盘不动纽扣了，他对阿菜说："和一个孩子较劲，比和一头牛较劲都累。"说完，他倒头睡了。

袁达儿跑在合欢街的石板路上，听见"噔噔噔"的脚步声，也听见自己心里的一个声音：爸爸、爸爸。这两个字对于他来说一直都是很遥远的话题，在合欢街却是这么近，这里有他爸爸的爸爸，爸爸的妈妈，有认识他爸爸的很多人，有爸爸走过的石板路。可是，为什么不是爸爸牵着他走过这石板路，而是他一个人被扔在这里呢？此刻袁达儿只想要离开这里，想要回到蓝城。

第二天，合欢街小学校长办公室，唐丽老师坐在顾校长对面，她眼泪汪汪地坐在顾校长对面。

"顾校长，我，错了，我不应该让袁达儿和冯宝青站在门外，我，我，当时我不知道怎么了，我错了。"经历了课堂上学生走失事件的唐丽老师觉得十分挫败，同时，她深感不安，自己的教学经验不够，差点出了大事。

顾校长锁紧了眉头，她已经和袁达儿的舅舅、妈妈都通过电话了。让顾校长吃惊的是，袁达儿的妈妈认为自己已经没有办法管这个调皮的儿子了，而且她已经在另外一个城市的一家宾馆上班，不可能带着一个孩子。袁达儿的警察舅舅更不行，他自己的工作很忙很忙。至于袁达儿的爸爸，顾校长是认识的，一条街上长大，比自己大几岁，学习成绩好，后来去了美国。他一直都是合欢街人们口中的榜样，可是如今，孩子的教育是指望不上他了。看来，袁达儿是一个缺少陪伴，长期野蛮生长的孩子。

摘选自王一梅著《校长的游戏》

江苏省特级教师

掌健　出题

1.《合欢街》一文中，老街"老"在哪儿？老街是被什么叫醒的？文章表达了作者怎样的情感？

2. 祁智叔叔说，王一梅老师"浅唱也是高歌"，是指在平实的语言背后隐藏着作者深厚的情感。在王一梅老师的文章中，哪些细节能让你感受到"浅唱也是高歌"呢？

汤素兰

南村传奇

犇向绿心

阿莲

祁智叔叔说汤素兰老师

我和汤素兰老师的第一次相见，是在一个很好的地方——北戴河。

我们是陆续报到的。我报到比较晚。晚霞满天，海风强烈。空气里有海腥味，还有烧烤的香味。许多人朝着一个方向走去，有的穿着泳衣，有的披着浴巾，有的斜套着泳圈。

那个方向是大海。

我在驻地大门口遇到汤素兰老师。汤素兰老师先开的口。她大大的眼睛含着笑意，嘴巴略微向右上方翘着："班长好。"

"汤老师好！"我说。

1998 年夏天，中国作协儿童文学委员会联合《儿童文学》杂志，在北戴河举办全国儿童文学青年作家讲习班，由束沛德、樊发稼、金波、高洪波、曹文轩、张之路、王泉根、徐德霞、刘海栖、刘健屏等委员集中授课。

那时候，这些老师年富力强啊。

我应邀去担任班长。

1999 年在鲁迅文学院又办了一届，我还是应邀去担任班长。这是后话。

　　我之前和汤素兰老师没见过，但通过电话。

　　站在我面前的汤素兰老师，个子不小，脸也不小，眼睛大，嘴也大。严格地说，要论漂亮，汤素兰老师肯定不算，又没有长发——留着短发，也没有好看的衣服——穿着大学生常见的连衣裙。但她的眼睛和嘴巴很有特点。她的眼睛含笑而且清澈，她的嘴角上翘带着调皮。

　　汤素兰老师的脸瞬间生动起来。

　　"素兰。"有老师喊。

　　汤素兰老师秒回："哎。"

　　"阿汤。"有同学喊。

　　汤素兰老师秒回："哎。"

　　汤素兰老师都是秒回，好像一个好孩子，听到老师报到名字。

　　在讲习班，汤素兰老师坐有坐样、站有站样。她坐，基本上是端坐，不是斜着或者趴着；站则挺拔，腰绝不弓着。她不乱说乱动。别人说什么，她都说好。她和所有的老师关系都非常好，她和所有的同学关系也非常好。

　　"一个好孩子。"这是汤素兰老师给我的印象。这个印象，延续至今。

　　我和汤素兰老师是在山海关分别的。

　　我对汤素兰老师说："我给你取一个名字吧。"

　　"好啊。"汤素兰老师说。

　　"素兰一点儿汤。"

　　"什么？"

我用手指写在汤素兰老师的手心：素兰·汤。

汤素兰老师没问什么意思，欢天喜地，像一个学生领到了一个奖励——其实我也不知道这么写是什么意思，就是觉得好玩。

我动不动会见到汤素兰老师。当面见，电话见，视频见。最近一次当面见，是去年盛夏在浙江金华，参加童话作家汤汤张罗的活动。最近一次视频见，是 2021 年 5 月 13 日，我在西安给希望工程项目上课，讲到汤素兰老师的"笨狼"。汤素兰老师录了一段视频。

"大家好，我是笨狼妈妈汤素兰……"汤素兰眼睛含笑、嘴角上翘。

阿汤是有求必应的。

汤素兰老师好像是一个没有"自我"的人。但如果真的这样，那就昏头了。看看她的作品，看看她的研究，看看她的阅读推广，听听她的声音。她是把坚定的自我隐藏在温暖的字里行间，隐藏在身后。

即使已经是"笨狼妈妈"，"好孩子"也是不会变的。

南村传奇

很久以前，到处都有精灵魔怪。古树里住着老树精，鲜花里藏着花仙子；池塘里有水鬼，深山里有妖怪；村子里有巫婆，城堡里有魔法师。

很久以前，田螺姑娘愿意嫁给善良孝顺的穷小子；大野狼变化成外婆的样子，像嚼胡萝卜一样嚼小孩子的手指头，嚼得嘎嘣嘎嘣响。

很久以前，弱小的孩子只要有副好心肠，愿意把自己的干粮分给路遇的乞丐，或者愿意背着满身疮疤、嘴角流涎的丑老太婆过河，他就会得到一件宝物，从此过上幸福快乐的生活。

古陌岭南面，从山脚下开始，有一大片盆地，南村就隐藏在这片盆地里。

说隐藏，并不是说南村有什么高人有藏匿大法，能把一整座村庄藏起来。而是说这儿虽是盆地，但毕竟是南方丘陵山地，不像北方的平原无遮无拦，目光可直达地平线。这儿的盆地是高低起伏的，盆地当中不时夹杂着几座小山。盆地边沿的山岭则层层叠叠，越来越高，一直挨着天际。这些山岭就像一道道天然围墙，把南村围在盆地中央。

因为目光所及都是山岭，没有大片平地，所以，南村没有大的屋场可以聚居。村民的房舍只能单家独户，依山而建，住得很分散。虽然住得分散，相邻倒也并不十分远。邻里之间相距不过三十或五十米，最远的也不过百米。但因为隔了山岭或者山坳，只能望见屋顶或者半堵矮墙。有时候听得见邻居家的人声、鸡犬之声，却见不到邻居家的房子。

这样分散的家家户户，全靠路把大家联结起来。南村的路都是蜿蜒曲折的小路，它们像有生命的精灵，伸展着自己的身体，爬进家家户户的屋场，将零落分散的人家连成一个村庄。

在城市拥挤的人潮中，我总是注意听飘进耳朵中的只言片语，希望能再次捕捉到像音符一样的声音。所以，我走路从来不像那些爱耍酷的少年朋友一样戴着耳机。我得让我的耳朵时刻保持灵敏，捕捉世界上那些珍贵的声音。

我也不像现在许多大人一样时刻低头看手机，仿佛在手机里能找到金子。我经常抬起头看天空，鸟儿飞过以后，说不定什么时候就有魔毯和扫帚在飞呢！

夜里我喜欢看星星和月亮，在一望无垠的蓝色夜空里寻找来自遥远未来的信息。

我也爱走进树林，侧耳倾听鸟儿的歌声，林涛的合唱。我还喜欢把小纸船放进清澈的、没有被污染的林中小溪，让流水把它们带向远方。在每一只小纸船上，我都留下了我的邮箱和地址，并且写下了这样一句话：

我是一个相信魔法的人，如果你也相信魔法，或者拥有魔法，请联络我。

虽然到现在为止，还没有人联络过我，但我还是满怀希望地折纸船，并且把它们放进溪流里。

我相信未来的某一个时刻，我一定会收到回复。而未来，或许就是明天。

摘选自汤素兰著《南村传奇》

犇向绿心

我叫田犇，小名三牛。

因为我妈和我爸都属牛，他们结婚以后，在牛年生下我，我也属牛。一家有三头牛，他们就为我取名叫"犇"。我跟我妈姓，我妈姓田，所以，我叫田犇。

我现在跟你们讲的是我的奇遇，在这个奇遇里，也有一头牛，因为这头牛，才有了我的奇遇，所以，这个故事也可以说是"田犇和黄牛的故事"。

妈妈查了查日历，发现那天是惊蛰。

惊蛰对于我们城里的人来说几乎没有意义，没有人在意，但对于田野里的动物来说，是一个特别重要的日子。

中国的农历有二十四个节气，许多节气是跟自然现象相关的，比如说雨水、白露、霜降、小雪、大雪，有许多节气是跟农作物的种植相关的，比如谷雨、小满、芒种，也有些跟人们的感受相关，比如说小暑、大暑、处暑、小寒、大寒，但只有惊蛰是跟人们观察到的生物活动规律相关的。我们的祖先发现，虫子们会在这个时候苏醒过来，从地下探出脑袋；蛇会放松盘旋的身体，开始到草地上散步；青蛙会跳出黑暗的洞穴，鼓起腮吸口气，试探地发出一声鸣叫，等着阔别的伙伴们的呼应；勤劳的黄牛，看到主人又来添新鲜的草料，就会侧着头看着主人，仿佛在问："都准备好了吗？要春耕了吗？"

睡眠是大自然赋予人类的本能，是一种在哺乳动物、鸟类和鱼类等生物中普遍存在的自然休息状态。有规律的睡眠是生存的前提。对于人，睡眠占了人生的三分之一，可以说睡眠的好坏是生活质量的基础。

人类需要睡眠，大地也需要睡眠，冬天就是大地睡觉的时候。

每年惊蛰以后，春回大地，睡在地下的生命醒过来，大地也苏醒了，它开始呼吸，让新的生命得以生长。

可是，云岭上的梯田被野草堵塞了毛孔，捆住了手脚，它们呼吸困难，奄奄一息，它们已经没有力量让蚕豆和其他农作物发芽。

只有当铧犁将捆绑它的绳索切断，将它从野草的围困中解放出来以后，作物才能重新生长。

惊蛰的雷声和春分的脚步惊醒了杂物间的农具，它们听到了大地的呼唤，听到了使命的召唤，于是，它们纷纷从阴暗的墙角里走出来，想去解救大地。

它们用扑通倒地的声音，用轻微的叹息声，提醒三牛的外婆。

可惜，三牛的外婆没有听懂，而且根本想不到会是这样。

大地的叹息传得很远很远，一直传到我的耳朵里，我听到了使命的召唤，我复活了。我要回到云岭，和农具一起，把大地从野草的捆缚中解救出来。

摘选自汤素兰著《犇向绿心》

阿莲

重阳节过后，山里的天气就凉起来了，天也仿佛格外高了。尤其是早晚没有太阳的时候，能在空气里明显感到秋意。然而大白天，太阳还是温热而明亮的。

今天是个好天气。一大早，秋阳便铺满天空，为山山岭岭涂上一层蜜似的金黄色。

早晨八九点钟光景，太阳爬得离东边的山岭一丈来高了，莲妹子还没有吃上早饭。她的肚子饿得咕咕叫。她跟在阿婆的身边问了好几回："阿婆，我们什么时候吃早饭？"阿婆每次都说："你先去外面看看你阿公回来了没有，阿公回来了，我们就吃早饭。"

"阿公"就是莲妹子的爷爷。湘东北山地的方言，管奶奶叫"阿婆"，管爷爷叫"阿公"。

莲妹子跑到屋前的山嘴上，伸长脖子一直望向大路尽头，还是没有看到阿公的身影。

✏️

两个平时没有一起玩过的小孩子突然站在一起，一时都想不起来该玩什么。莲妹子就站在茶亭里往外看。坳下面就是他们世代居住的村庄。祖辈们靠山吃山，在山坡上开出层层梯田，所以，这里的地名叫千丘田。从岩鹰坳上往下看，一垄垄坡地高低起伏，像细长的带子一样缠在山腰上。山腰下面较为平坦的地方，分布着一丘丘水田和一口口山塘，那些水田和山塘也是层层叠叠的。田地和山塘面积都不大，小的差不多只有脚板大，大的也不过几分，很少有能上一亩的。现在还不到春插季节，低洼处的水田里都注了水，在阳光下像一块块镜子，闪闪发光。

莲妹子的目光越过村庄再远望，看到四面都是青黑色的高山，头顶的蓝天像一个巨大的锅盖，锅盖的边缘扣在天边那些遥远的山岭上。

阿婆躺在床上，像睡着了一样，根本不像已经去世了的样子。

阿莲哭啊，喊啊，可是，阿婆就是不醒来。

哭累了，阿莲就坐在床沿上，陪着阿婆。死去的人身子是冰凉的。阿婆的身上散发出刺骨的寒气，这刺骨的寒渗透进阿莲的身子里，在她心里凝结起来，成为一团冰，永远留在她的心房里。

人们说，心里结了冰的人，是冷漠的人。他们一定不知道，如果是至爱的人去世了，从他身上散发出来的彻骨寒意在至亲的人心中结的冰，会成为冰的火。这一团冰的火闪着蓝色的光，一直在至亲的人心里燃烧，直到另一个生命结束才会熄灭。在阿莲以后的岁月里，每当她想念阿婆的时候，她总是能再一次清晰地感受到阿婆身上最后散发的那种寒凉，于是，存留在心里的那团冰的火就燃烧起来，散发着越看越亲切的光。

摘选自汤素兰著《阿莲》

四川省特级教师
俞琳　出题

1. 祁智叔叔为什么说汤素兰老师是"一个好孩子"？文章开始写汤素兰老师没有"自我"，后面又说她是一个很"自我"的人。这样写是否矛盾？为什么？

2.《犇向绿心》这个书名好不好？惊蛰对于田野里的动物来说，为什么是一个特别重要的日子？

胡继风

就像一株野蔷薇
太爷爷的心愿
鸟背上的故乡

祁智叔叔说胡继风老师

在生活中选择故事
在故事中体验生活
匍匐着，为了起飞
激荡着，少年追风

就像一株野蔷薇

  阳历九月中旬正是农历八月初，还在火一样的夏天的屁股上。特别是正午时分，太阳就像一个做烧烤的厨师，工作热情丝毫未减，依旧兢兢业业地炙烤着大地（难道他想把地球做成一个外焦里嫩的煎蛋吗）；唱了整整一个夏天催眠曲的蝉，好像要把所有的人、牲畜、庄稼、河水……都哄进梦乡似的，现在唱得越发卖力了。

  所以，吃过了自家带的干粮，喝过了张老师带的水之后不久，我们的眼皮就开始打架了。

  该午休了……

  你是不是以为午休就是两眼一闭，然后老老实实地趴在课桌上？如果你真的这样认为的话，那就错啦——其实午休完全可以更自在些。

  甚至可以不在教室里。

  不信，你看看我们狼山教学点的情形就知道了。

  先看教室外面吧：教学点西面的墙边有几棵高大的白杨树，树下有一大片浓荫，浓荫下铺着几块塑料纸，上面横七竖八地躺着八九个男生；教学点东面的墙边有几棵不怎么高大的槐树和桑树，下面有一片不怎么大的浓荫，浓荫下只铺着一块塑料纸，上面并排躺着四五个男生。

午休的时候，我们四个人一起躺在槐树和桑树底下，还在说着糖精的事，焦点当然是为什么看上去比蚂蚁还小的一小粒，竟然比一块水果糖还要甜……

说着说着，就迷迷糊糊地睡着了……

不知道究竟过了多久，我忽然感觉屁股底下一热，醒了过来。

紧接着其他三个人也醒了。

才发现塑料纸上汪着一摊温热的淡黄色的水。

对，是尿，没错的！我们都是让尿给叫醒的！

可是在判断究竟谁是"凶手"这个问题上，我们的意见却出现了分歧，因为所有人的裤衩都湿了，没有一条是干的……

要说还是谢长宝聪明——谢长宝站起来，认真地对着大家的裤衩看了看，然后非常肯定地说："对，陈永浩！就是陈永浩尿的！"

"你怎么知道就是我？"陈永浩非常委屈，好像被人诬陷了。

"那好，你好好看看我的裤衩吧。"谢长宝说，"我的裤衩湿在哪里？"

陈永浩使劲地揉了一下眼睛，看了看，回答："膝盖上面。"

"孟良的呢？"

"裤腰那儿。"

"胡大毛呢？"

"屁股那儿。"

"你呢？"

陈永浩低头看了看，脸上一红，哑巴了。

因为陈永浩湿的是裤裆——而且陈永浩身上湿的地方最多，几乎整个裤衩都湿透了……

"你们……你们可要为我保密啊！"陈永浩可怜巴巴地说。

这个没问题，谁叫我们是一张"床"上睡着的好朋友呢。不过现在的问题是，我们四个人的裤衩都是湿的。

假如到上课的时间还没有干，这秘密连神仙也保不住！

怎么办？脱下来晒是不可能的，毕竟这是在学校里；偷偷从大门溜出去，或者干脆从墙头爬过去，也不行，那样动静太大了——再说了，西面白杨树下有两个没睡着的人，已经发现我们在叽叽咕咕的了，正时不时地向这边看着呢……

唯一的也是最好的办法，就是穿着裤衩在太阳底下晒！

于是，非常奇怪的一幕就在狼山教学点的东院墙边出现了：四个人，没有一个睡在舒舒服服的阴凉下，全都睡在热辣辣、白花花的阳光里！而且姿势也千奇百怪的：有的背着身子对着太阳，有的侧着身子对着太阳……最笨最傻的那个呢，竟然像木头一样笔直地平躺着，将大汗淋漓的脸蛋对着天……

摘选自胡继风著《就像一株野蔷薇》

171

太爷爷的心愿

太爷爷也想了一个好法子。

太爷爷是在吃又香、又嫩、又爽口、又下饭的炒辣椒的时候想起这个好法子的。

当这个好法子在太爷爷的脑袋里冒出来的时候，太爷爷激动得差点把手里筷子都扔了！

"有了！队长！我有了！"太爷爷两眼放光地喊。

"好！"牛振山也一下子就把饭碗在土堆上放下了，"你说说看！"

"记得去年夏天我在三岔口据点给鬼子当差的时候，曾经问过厨师加贺谷：现在这个季节辣椒这么多，可是你们为什么几乎从来不吃炒辣椒？加贺谷这样告诉我：日本人是非常怕辣的……"

"我明白了！"太爷爷话还没有说完呢，聪明的牛振山就兴奋地打断了他，"拔老鹰窝的时候我们用的是'臭狗阵'，现在我们要换一个新花样：'辣椒阵'！"

"'辣椒阵'？！"大家都有些不明白。

"对！'辣椒阵'！"牛振山兴奋地说，"鬼子不是怕辣吗？咱们就让他辣个够！"

"难道我们要'请'鬼子吃我们的炒辣椒？"一个天真的小战士一边看着夹在筷子里的辣椒，一边自言自语道。

大家"哈哈"一下全笑开了。

牛振山也笑了。

牛振山冲我太爷爷说："小鬼，到你发言的时候了。"

我太爷爷赶紧放下手里的粥碗、饼子和筷子，抑制不住兴奋地对战友们说："我们不是'请'鬼子吃辣椒，辣椒这样的好东西，给鬼子吃就糟蹋了！我们要'请'鬼子闻辣椒！"

"要'请'鬼子闻辣椒？怎么'请'鬼子闻辣椒？"大家更加奇怪了。

"你们给猪熏过蚊子吧？"牛振山不失时机地提醒道。

大家一听，思忖了一下，然后齐刷刷向我十六岁的太爷爷伸出了大拇指："小鬼，真有你的啊！"

是的，大家全都明白了。

因为大家都是庄稼人，这事没有人没干过：夏天的黄昏和夜里，蚊子像一团黑色的雾一样围在猪的身旁，咬得猪吃不下也睡不着。

主人就抱着一捆干草和一捆潮湿的草，来到了猪的上风处。

主人先点燃干草。

待干草冒出熊熊的火苗，再将湿草倾覆在火苗之上。

瞬间，一股像黑云一样的浓烟腾空而起，然后在风的簇拥下向着下风头猪的方向滚滚而去。

原先像黑雾一样笼罩在猪身上的那个大蚊团，一眨眼的工夫就消失得无影无踪了……

听说牛振山要带领武工队对东洋桥据点里的鬼子摆"辣椒阵"，东洋桥据点附近方圆几十里的乡亲们全都把自家的干红辣椒送来了。

也就是小半天工夫吧，加起来竟然足足有几麻袋！

老天似乎也早就想收拾这帮没有人性的东西了——傍晚时分，恰好起了东南风。

不大不小的东南风。

牛振山先是从一位老武工队员手里拿过那只正在燃烧的土烟卷，把它放在风里面，然后仔细地观察烟的动向：既没有直直地或斜斜地飘上天，也没有很快就被风刮没了。

而是平平地、徐徐地、缓缓地，向着西北方向飘过去……

"现在就'请'鬼子'吃'辣椒！"牛振山一边将烟卷还给战友一边说。

然后，他就率领太爷爷等几个动作敏捷的年轻队员，在其他队员的火力掩护下，俯身来到据点的东南方向，一个比较接近据点的地方。

将柴草点燃，左右移动，寻找最佳方位。

终于，柴草散发出的烟雾就像一条直线一样，将柴草和据点的通风口连在一起了。

牛振山他们再尽量地向前推进、再推进，尽可能地让这条直线缩短、再缩短。

终于，距离鬼子的据点只有两三百米的距离了。

牛振山他们停下来了，往火上添一层潮湿的柴草。

烟大了。

再在潮湿的柴草上陆续添辣椒。

不是干的干辣椒。

是故意弄得有些潮湿的干辣椒。

于是烟雾更浓了，而且里面有了呛人的辣椒味——就算在下风口也能闻得到。

效果简直是惊人的：辣椒刚添了第一层，鬼子的机枪就没有准星了，"啪啪啪啪啪啪"的好像在漫无目标地撒豆子。

辣椒添到了第二层，鬼子的机枪干脆哑火了，据点里传来了要命的咳嗽声，仿佛要把屎尿都咳出来。

辣椒添到了第三层，奇迹出现了：小鬼子一边摇着白毛巾或白衬衫，一边擦着满头满脸的眼泪和鼻涕，一边剧烈地、要命地咳嗽着，一边跌跌撞撞、摇摇晃晃地往据点外爬。

活像是老鼠出殡呢！

又像是老鼠窟被淹了……

摘选自胡继风著《太爷爷的心愿》

鸟背上的故乡

说实在的，我不想回去。

一点也不想！

我不想回去，并不是因为我害怕在路上受罪——恰恰相反，以这样的一种带着些许自虐和冒险成分的方式上路，还让我感觉有些刺激和兴奋呢。

对我而言，如果说这次远行还有什么意义和乐趣的话，这也许就是其中的全部了。

说到这里，你一定明白了：我胡四海抵触的并不是过程，而是结果。不错，事情的确是这样——我对这趟旅程的终点，也就是小胡庄，一点儿也不感兴趣。

我不喜欢小胡庄并不是因为小胡庄位置遥远、偏僻，也不是因为小胡庄房子低矮、破旧，也不是因为小胡庄人烟稀少、冷清，也不是因为小胡庄道路不平、磕绊，更不是因为小胡庄上到处都是树叶啊乱草啊猪粪啊狗屎啊什么的，一点儿也不干净……

和这些通通没关系。

我不喜欢小胡庄，是因为小胡庄不喜欢我！

我这样说好像有些没良心，因为爷爷奶奶在小胡庄，爷爷奶奶就喜欢我；叔叔婶婶在小胡庄，叔叔婶婶就喜欢我；还有小胡庄上其他的一些大人，也是喜欢我的。我每次回来过年，他们都会很热情地看着我说："看啊，胡四海回来了！胡四海比上一次回来时长高了！"

显得非常的喜欢。

也显得非常的新奇和陌生……

是的，问题就出在这里，就出在这新奇和陌生上——他们打量我的时候，就像在打量一群鸡中间的一只鸭子，或者一群鸭子中间的一只鸡。

就像在打量一个难得一见的客人。

可是我不是客人啊，我本来就是一群鸡中间的一只鸡，或者一群鸭子中间的一只鸭子啊。

我本来就是小胡庄人。

他们的答案加剧了我的难过——明明告诉过我，我是小胡庄的孩子，小胡庄才是我真正的家乡，为什么现在又出尔反尔地帮着别人把我往城市里推呢？

难道你们把我推到城市里，我就成了城市的孩子了吗？

假如我真是城市的孩子，当初城市的幼儿园能不要我吗？我能和许多跟我身份相似的孩子一样，最终被寄托在一个退休的老奶奶家里吗？假如我真是城市的孩子，后来城市的小学也能不要我吗？我能和许多跟我身份相似的孩子一样，最终去读"民工子弟学校"吗？

假如我真是城市的孩子，老师能经常提醒说"你们没有这个城市的户籍，最终还要回到老家去升学"吗？假如我真是城市的孩子，你们能经常告诫说"你一定要好好读书，争取将来做一个体面的城里人"吗？

假如我真是城市的孩子，我能跟你们一起不停地从一个城市迁徙到另外一个城市吗？能不停地从一个工地转移到另一个工地吗？能不停地变换住地吗？能不停地申请暂住证吗……

能每年一次千里迢迢地回来过年吗……

说到底，我既不是城市的孩子，也不是村庄的孩子——对于城市来说，我只是一个来自村庄的客人，就像对于村庄来说，我只是一个来自城市的客人一样。

城市和村庄都或长或短地容留了我，同时，城市和村庄又都或严厉或委婉地拒绝了我。

我没有家乡。

如果非要给我安一个家乡不可的话，那我的家乡就在不断迁徙的路上。

就在鸟一样四处寻食的大人的背上。

摘选自胡继风著《鸟背上的故乡》

江苏省特级教师
王爱华　出题

1. 胡继风老师的作品，叙述节奏很有特点。叙述的节奏与叙述的内容是紧密相关的，你能感觉出来吗？

2. 《鸟背上的故乡》，一看名字就感觉很深邃、很幽远。恰到好处的名字，不仅对作品本身有益，也能激发读者的阅读兴趣，启发读者的阅读思考。你能举几个你认为比较好的作品名吗？

黄蓓佳

最温柔的眼睛
今天我是升旗手
亲亲我的妈妈
艾晚的水仙球

祁智叔叔说黄蓓佳老师

我第一次见黄蓓佳老师，是理论上的，应该是上世纪七十年代初期。黄蓓佳老师亲口对我说的。

"祁智，我在如皋插队，经常到你们西来镇去买东西。"黄蓓佳老师说。

西来镇在靖江，是我的老家。具体位置在靖江、如皋、海安、泰兴交界处，交通要道，比较热闹，东西多而时新。西来与如皋，隔着一条宽宽浅浅的界河——夏天水位高，冬天水位低。

那时候，我每天在镇上混，看到过一些陌生的大哥哥、大姐姐。他们的穿着，和镇上的人不一样，军裤、碎花连衣裙，还说着广播里的普通话。他们骑着自行车，不由分说，越过界河，扑面而来，留下银铃一般的笑声，然后风一样消失在界河那边。

"祁智，我肯定见过你。"黄蓓佳老师银铃似的说，"你穿开裆裤。"

我干脆把"怂"认到底："不穿，光屁股。"

我真正见到黄蓓佳老师，是1996年的秋天。我到她家拿小说稿。她家在南京市第九中学附近。爬上楼，门打开，我的眼睛被炫了一下：高挑、白皙、漂亮、洋气、随意的姐姐——大姐——阿姨——站在我面前。她用银铃般的声音和我说话，带我到书房，给我一沓用打字机写的稿子。打字机在窗子旁边，顺眼看出去，天高气爽。我看到了九中的一角，操场的声音很清晰地传过来。

九中是黄蓓佳老师女儿的学校。

我拿到的作品是长篇小说《我要做好孩子》。

《我要做好孩子》中的"金玲"，原型就是黄蓓佳老师的女儿武同学。

回单位的路上，我一直在推敲黄蓓佳老师的年纪。二十、三十、四十？猜不到。事实上，我们一直忽略了她的年纪，她好像在年轻、漂亮的刹那凝固了——当时还没"冻龄"这个词。我还在想她银铃般的声音。其实，她唱歌时的声音是最好听的。有一次我主持节目，她穿着连衣裙上场：

美丽的梭罗河，我为你歌唱……

黄蓓佳老师在很长的一段时间里，一年写成人长篇，一年写儿童长篇。每到写儿童长篇，就是我们的节日。开一瓶红酒，端几个高脚杯子，搞一个出版合同签字仪式，很有情调的样子。

黄蓓佳老师很"吃"这一套，喜笑颜开。我开玩笑说，估计这时候"卖身契"她也敢签。她后来陆续写了儿童长篇小说《今天我是升旗手》《我飞了》《亲亲我的妈妈》《野蜂飞舞》等等。

黄蓓佳老师一直在写。我们可以搞清什么时候开花结果，但搞不清楚她会在什么时候搁笔，她总是那么年轻。不少人怀疑她吃得讲究，养颜。其实天地良心，她有"局"胡吃，没"局"顶多西红柿蛋汤。

"黄老师，我是看着你的书长大的！"有一次，一个六十多岁的奶奶，拉着黄蓓佳老师的手说。

五十岁的黄蓓佳老师不知所措。

这话我们经常听到。

没办法，出道早。

我们请黄蓓佳老师和学生见面，她不肯上台，说不会说话。我说，你总得说几个字，让小朋友听听黄蓓佳阿姨的声音啊。她答应了，绰约地上台，银铃般笑着说："下面欢迎祁智叔叔讲故事！"

最温柔的眼睛

小时候，街道是弯弯曲曲的，巷子是细细长长的，一家一家的房屋，大院子套着小院子，高山墙挨着矮花窗，幽深阴凉的天井里，有老人，有小孩，有狗，猫，红脸的大公鸡，慢吞吞爬行的小蜗牛，齐心合力抬着一颗饭米粒的黑蚂蚁，还有悄无声息飞来飞去的花蝴蝶。

天晴的时候，外婆会在天井里拉出一根晾衣绳，晒出花花绿绿的床单，枕巾，我的红裙子，小弟一不小心尿湿的开裆裤，还有外婆的几块蓝白相间的大手帕。风儿把床单吹成一面鼓鼓的帆，狗狗和猫猫以为床单跟它们闹着玩，赶快扑过去，跳上跳下，兴奋得像两个小疯子。

六月份是雨季，雨水连绵不断地下，屋檐口的雨帘亮晶晶地飘忽着，漫舞着，无数个快乐的水精灵，把阴沉沉的雨天弄成了它们的狂欢节。雨点一颗一颗重重地砸在砖地上，天长日久，砸出一排整整齐齐的小小的坑，小得那么可爱，像弟弟手背上的肉窝窝。如果碰到天放晴，乌云散去，蓝天如洗，檐下的每个水坑都会映出一个小太阳，华丽丽的，璀璨夺目。馋嘴的大公鸡，把水坑里的太阳当成了熟透的果子，试试探探地走过去拿嘴啄，结果上当啦，水花溅上了它的红鸡冠，湿漉漉，沉甸甸，它急忙摇头用劲地甩，把全身羽毛甩出扑棱棱的响。

外婆领我们到门外，指着巷子里的天空说："看到没有？等到月亮粑粑坐在洪爷爷家屋檐上的时候，爸爸妈妈就要回家了。"

就这样，每天晚上，我挽着弟弟的小手，站在家门口看月亮。

有的时候月亮是弯弯的小船儿，在云朵里穿来穿去，不知道要驶向哪里。

有的时候月亮像一片薄薄的水果糖，被含得快要溶化了，透过薄糖片，能看到对面天幕上星星的影子。

还有的时候月亮跟我们躲猫猫，躲到天空的不知道哪个角落里，我们仰着脖子使劲地找，找来找去也不见它笑眯眯的脸。

找不到月亮的时候，外婆就会带着我们坐在小板凳上唱儿歌：

> 月亮粑粑，肚里坐个爹爹，
> 爹爹出来买菜，肚里坐个奶奶，
> 奶奶出来绣花，绣出一块糍粑，
> 糍粑跌到井里，变成一只蛤蟆……

每个月只有一天，月亮是饱满的，油汪汪的，带着明媚的笑容，"叮当"一声落在了洪爷爷家屋檐上。

这时候，我和弟弟就赶快把脚尖踮起来，眼睛瞪起来，一眨不眨地看向路尽头。

月光真亮，黄泥小路铺上了一层细细的碎银子。有人的脚步踩上去，银屑会腾地飞起来，好像鞋底打出了小火花。槐树和榆树手拉手，佝偻着腰身站立在月光中，窃窃私语，低声叹息。一只蝙蝠不知打哪儿飞出来，悠悠然地掠过树梢，隐入了更远处的庄稼地。前面的一扇小院门开了，有人探出半个身子，"哗啦"泼出一盆水，水流在地上漾开，东奔西突的样子，像无数条发光的小蛇。

小巷里的山墙是灰灰的，屋瓦是黑黑的，墙头上透出来的灯光是浅黄浅黄的，开花的蔷薇是粉白粉白的。

我们肩并肩地站在家门口，踮着脚，瞪着眼睛，等待爸爸妈妈夜归来。

远远地，远远地，过来了两个小人儿，一高一矮，高的在前，矮的在后。月光太亮了，明晃晃地刺眼睛，那两个人的身影迎着光，轮廓反而模糊不清。弟弟迫不及待地冲上去："爸爸爸爸！妈妈妈妈！"

✏️

丁字路口的这一横，往东去汽车站。年年寒暑假我都得回老家如皋探望外婆，汽车站是我去得比较多的一处场所。我还记得十七岁那年，在黄桥车站，一个矮小的乡村老太太站在我面前，仰脸望我，眉眼花花地说了一句话："好俊俏的姑娘！"这句话在我心里引起的喜悦和震动，不啻于如今说一句"你是女王"，因为我长到那么大，从来没有人说过我长得好看。也因此，相隔四十年，黄桥汽车站的模样，我闭上眼睛能够画得出图样。丁字路往西走下去，过了护城河高高的桥，再有几里路吧，是黄桥有名的一个乐器厂，当年就以出产小提琴闻名，现在已经成了镇上的支柱性产业，生产很具规模，提琴之外，各类乐器应有尽有，慕名而去采购心爱之物的艺术家们成千上万。守着这样一个乐器厂，年少时竟没有学得一弦一琴，想起来也是我的遗憾。

从镇上的大道往两边延伸，仿佛蜈蚣肚皮下长出的百脚，一条又一条狭窄的小巷，以更为浓重的人间烟火气，更加活色生香的家常小景，构成了黄桥古镇的生息日常。小巷里没有秘密，一家炒菜，家家闻到油香，巷子两边的人家，脚一伸，从这家的台阶直接就能跨进对面那家的门槛。卖针头线脑的，纺纱织老土布的，打烧饼的，弹棉花的，修雨伞钉鞋掌的，多集中在这样的巷子里。当地的风俗，过年家家户户都要打糕做馒头，馒头分咸菜馅的，萝卜丝馅的，豆沙馅的，大致这三种。主家自己备馅，拿脸盆盛着，一盆盆端到小巷里的馒头店，由店里出面粉，老酵，蒸笼炉灶，加工完成之后，主家再去人一篮又一篮地挑回家去。整个正月里，这是黄桥人家过年待客的上好主食。每年到腊月底，我父亲就动手做馅，我是他的得力助手，煮红豆洗沙，刨萝卜丝，洗咸菜切咸菜，都是我的事。到了做馒头的那一天，我和父母通宵守在小巷的馒头店里，心惊胆战地等候第一笼馒头出锅。如果面发得好，馒头雪白饱满，预示着下一年和和顺顺，大家就都眉开眼笑，父亲忙着给伙计们散烟，感谢他们尽心劳作。也有的年头，因为种种原因，发面的伙计会失手，馒头出锅时坑坑洼洼，白一块黄一块，全家便心事重重，惶惶不安，生怕来年又有什么厄运降临在家人头上。

灶膛里熊熊的火光，蒸汽氤氲中的面香，从馅料中渗透到面皮里的黄澄澄的油迹，吹着手指头迅速从蒸笼里拣拾馒头的欣喜，掰开一个馒头边吃边滚动舌头的贪婪，那些古老的美好的让人掉泪的时光，于我，于我的兄弟姐妹，于我的朋友和同学们，都已经是久违了。

摘选自黄蓓佳著《最温柔的眼睛》

今天我是升旗手

肖晓期盼得到当旗手升国旗这个荣誉已经很久了。

不知道别处的学校怎么样，南京的学校都有统一规定：星期一是升国旗的日子。

升国旗的日子很不寻常，这一天全市所有的学生都要穿校服，少先队员们戴上红领巾，团员们必须戴团徽，脚上最好穿一双白球鞋。

这一天早晨八点钟，无论走进南京的哪一所学校，你都会一眼看见操场上齐刷刷肃立的方队。虽然比不上部队方阵的威武雄壮，那一分庄严和静穆却是彼此相似。总是学校里嗓音最洪亮的体育老师站在高台上当司仪，他喊着"稍息"和"立正"的时候，操场上上千学生脚底擦过沙土的声音像风暴从遥远的地方刮过来，上千颗黑脑袋矮下去又耸上来的动荡比海浪更壮观。然后，在铺天盖地的军乐声里出旗，学校广播站的播音员一字一句"介绍今日升旗手"，从旗手的一贯品质说到他最先进的事迹。升旗敬礼开始了，一声令下，无数的胳膊"唰"的一声高高举过了脑袋，刹那间操场上只看见一片手的海洋。国歌庄严地奏响起来，旗手在千百道目光的注视下将国旗缓缓升上旗杆。

对于一个还在读书年龄的学生来说，星期一早晨当旗手是学校所能给予他的最大荣誉了。没有人能够抗拒得了当旗手的诱惑。在全校上千名师生羡慕的目光里，将一面飒飒飘动的国旗送上旗杆，那种荣耀、满足、兴奋、陶醉和自豪，是任何物质奖励都无法替代的。

尤其是肖晓这样一个崇尚英雄、视荣誉为生命的男孩。

美中不足，这样的荣誉摊到单个学生头上的机会少而又少。

一二年级的学生还小，扯不动旗绳，只允许做"观礼者"。从三年级开始，一个班一个班地依次轮过去，每个班级机会均等。肖晓所在的学校，每个年级四个班，三年级到六年级总共四四一十六个班。每个学期大致有二十个星期，再除去雨雪天、节假日，能够升旗的日子最多也就是十六个。这就是说，每学期每个班摊上一次，一个班五十多个学生，你算算，全校能有几个人有这样的幸运？

所谓"空中索道站"，指的是肖晓家的阳台。包郝的家和肖晓的家同在大楼五层二单元，两座楼前后排列，相差不过十米，两家的后窗对着前窗。包郝为抄作业题和对答案的方便，想办法把一团绳子从后窗口扔到了肖晓家的阳台上，让肖晓在阳台栏杆上绕个弯，再扔回到包郝家后窗里。这样，两根绳子一去一回，组成了简易空中索道，平常递个小东西送封信什么的，既方便又快捷。

包郝这个人爱新鲜，逮着一样东西总是玩不够。空中索道刚建立的时候，他一天要让肖晓去"站台"至少十次，连削铅笔的小刀都要肖晓给他传。有一回，在大太阳底下，包郝给肖晓传一根鲜奶雪糕，绳子才拉了一半，雪糕化了，齐根处折断，掉了下去。正巧楼下有个刚烫完头发的女人走过，雪糕"啪"的一声掉在她的头顶上，奶汁四溅，黏糊糊白花花地腻在她头发上，吓得她跳着脚尖声惊叫，以为是半空里掉下的巨大鸟粪。后来拿手摸了，小心一闻，知道是雪糕，心里更是又气又恨，叉着腰拍着腿，只差没把包郝的祖宗八代都骂到。包郝和肖晓缩着头躲在各自的窗台下听她骂，始终不敢露面回一句嘴。

后来，肖晓给包郝开出长长的一串清单，把所有严禁传递的物品都列在上面，包括各类食品，包括小刀和圆规之类有可能伤人的学习用具，包括鸟、蚕、乌龟、小白鼠等等掉下去会死的活物。

肖晓走到阳台上，包郝已经在绳子那头拴好了一件东西，挥着手让他快拉。肖晓拉过来一看，原来是一盒磁带。肖晓大声问他："你录了什么？"包郝笑嘻嘻地说："听了就知道啦。"

✏️

终于盼到了体育老师的最后一个口令："升旗敬礼！奏国歌——"

全操场孩子的胳膊齐刷刷举过头顶，举出一片横空出世的森林。肖晓手脚利落地将国旗展开，白色杆套捏在手中，旗身松松地搭在胳膊上，左手抓绳扣，右手挂国旗，然后将整面旗身"哗"地甩出去。一手抓绳扣，一手甩整面的国旗，有相当大的难度。但肖晓苦练过，他的脑海中也无数次设想过这样的动作。他要甩出雄壮的气势，像天安门国旗班升国旗的那种气势！国旗在风中"呼啦"一下舒展和飘扬，卷出一团红彤彤的火焰。他在心里跟着国歌的乐曲默数节拍，双手一下又一下地扯动旗绳。国旗翻卷着，飘扬着，一点一点地缓缓上升。

旗升得越来越高了。肖晓的脑袋仰得跟后背几乎成一个直角了。这时候他感觉太阳的光芒"轰"的一声跳进了他眼睛里，阳光热辣辣地穿透了他的身体，他的血液和筋骨都在热烈地燃烧，他的整个身体烧成了一把透明的火炬，是少先队旗上火炬的模样。他在心里快乐地叫着：太棒啦！

摘选自黄蓓佳著《今天我是升旗手》

亲亲我的妈妈

在这个海边的小城市里，天空喜欢下雨。

尤其是空气湿润的五月，家家户户的阳台上总是腻着一层肮脏的黏液，汪出一种令人不爽的光亮。霉菌和爬山虎一类的藤蔓喜欢这样的天气。霉菌是白色的，一两天之内会迅速地膨胀发育，长成指甲盖大小的蘑菇状的菌体，肥硕得叫人惊讶。爬山虎的生长更是匪夷所思，它的藤尖平均每个小时可以越过一块红色的砖头。如果早晨还看见它们盘踞在二楼的窗台上，到了傍晚，三楼的住户肯定可以从家中瞥见它们探头探脑的绿色身影。

夜里，总有觅食的蛾子从阳台上掠过。一不小心，它们的翅膀沾上了铁栏边的污渍，薄薄的、灰色的翅翼就会变得沉重，而且像鸭掌一样地连成一片，无法舒展，最终一个跟头跌落在地上，使劲地鼓动肚皮，苟延残喘。

这时候，深夜里目光炯炯的猫咪会喜不自胜。它们箭步上前，拿出杀鸡用牛刀的劲头，把可怜的灰蛾捂紧在两只前爪之中，翘着旗杆一样的尾巴，辗转腾挪，低声呜咽。那种激动不已、兴奋异常的样子，仿佛是一个搏斗许久之后大获全胜的将军。

到清晨，主人穿着塑料的拖鞋走上阳台呼吸湿漉漉的空气时，会吃惊地看到阳台角落里遗落下一条灰色的呕吐物，细长的，紧紧裹着的，像放烂了的火腿肠。这是猫咪尝鲜一样地吃下灰蛾之后，对主人做出的贡献。

城市包裹在咸湿的空气之中，每一个檐角、每一片树叶、每一盏路灯，都凝着半透明的水汽。这是被太多的工业废料污染之后，变得像磨砂玻璃一样暧昧的城市的呼吸。钢筋和木材都在这种稠密的水汽中缓慢地腐烂，从坚不可摧到不堪一击，完成它们由辉煌到衰亡的命运。

从白天到夜晚，人们在这样的城市里行走着，头发粘在脑门上，衣服软耷耷地贴着身体，手里拎着上班的公文袋、上学的书包，或是上菜场的竹篮子。他们丝毫也不抱怨，一点儿都不抱怨，因为生活就是这个样子，不可以期盼太多，也不应该要求太多。

湿得滴水的城市。

慵懒和忧伤的城市。

张小晨果真把他的小鸟儿带到了学校。鸟儿养在一个蓝白两色的鞋盒里，盒子上写着"耐克"的英文字。因为天冷，张小晨在盒子里垫了一层旧棉絮。这家伙还算心细。鸟儿的身体看上去不及婴儿拳头那么大，透过稀稀落落长出来的灰褐色杂毛，能看到心脏在一层薄薄的皮肤下轻微地跳，还能看清楚背部和肚皮上遍布着的蓝色血管，一根根纵横交错着，比头发丝粗不了多少。

真是一个脆弱的小东西。脆弱到弟弟想用指头碰一碰它都不敢。

张小晨却没有弟弟这样怜惜的心，他把小鸟儿抓起来，托在手掌中，前后左右地转一圈，展示，也是等待喝彩。小鸟儿乖顺地趴卧着，时不时歪一歪头，好像要把面前这一群叽叽喳喳的孩子看得更清楚。但是张小晨用毛线指套去触碰它的嘴巴时，它就立刻兴奋，本能地伸长脖子，张大嘴，两只脚不停地挪动，急切地渴望得到食物。那股子为了吃而拼了命的劲儿，逗得大家哈哈地笑。

张小晨开始给它喂食。其实更是一种优雅的展示。他先从口袋里掏出一个小小的白色药瓶，又掏出一个精致到不可思议的金属镊子。拧开瓶盖，镊子探进瓶口，只一下子，夹出来一条米黄色的不到一厘米长的小肉虫。他的毛线指套丝毫不影响动作的准确和灵活，大概是戴得久了，指套已经成了手的一个部分。小虫细长的身体在镊子尖上挣扎，扭曲，拧成圆环，又猛然松开，肥嘟嘟的模样，令人恶心。

张小晨举着小虫，迟迟不放进鸟儿的口中，却不慌不忙地给大家做着讲解：这是从夫子庙花鸟市场买来的肉虫，专门用作鸟食的，也称活食。那些八哥、画眉什么的，必须吃这种活食才肯鸣叫。他强调说，他的鸟儿只喂肉虫，不喂谷物，所以，这只鸟儿发育完全之后，估计会长成一只雄鹰那么大小。到时候他就要训练它，让它能听懂十个以上的口令。

张小晨说这些话的时候，手里一不小心用多了劲，镊子把肉虫夹成两段，掉落在地上，怎么也找不着了。他很心疼，第二次拧开瓶盖，用镊子在里面挑，挑了一条最瘦最小的虫子，喂进鸟儿嘴巴。他解释说，每天的食物都有定量，因为肉虫买起来很贵。

弟弟就摇头。眼泪含在眼眶里了，还是摇头。

外婆把弟弟揽在怀里，摩挲他的耳朵，说："可怜的孩子。"

弟弟反驳说："不是我，是我妈妈。我妈妈找不到一个人可以说说话，太闷了。"

外婆深深地叹着气："是啊，她天天主持那个节目，总是听别人说自己的伤心事，情绪哪能不受影响？别人说完了就轻松了，可是她闷在肚子里，吐不出去，日久成瘤啊！"

外婆停了一会儿，重复这个词："毒瘤。害死人的瘤。"

弟弟的心里忽然被什么东西一挤，心肺被粗鲁地挤到了旁边，歪着，呼吸不畅。

雨还在哗啦啦地下，屋子里有些暗，墙壁和窗玻璃上水汽蒙蒙，阴霾从四面八方压上来，好像房子的四壁都在往中间合拢，要把渺小和悲伤的人挤出这个世界。

摘选自黄蓓佳著《亲亲我的妈妈》

艾晚的水仙球

一九八一年的冬天，冷得有点邪乎。还没进腊月，早早地就下了第一场雪。堆在马路牙子上的雪很脏，因为路两边的住户们铲雪时，连带着把地上的污泥一同铲起来了，白雪变成了黑雪，又堆得不均匀，东一摊西一撮的，平坦的马路忽然间成了瘌痢头，一疙瘩一疙瘩斑斑驳驳，令人恶心。天总是阴着，寒气飕飕地往人的骨头缝里钻，积雪就化得很慢，下午两三点钟的时候才看见雪堆下有一圈湿痕，到四五点钟时雪水又重新结成冰，闪出乌糟糟的、浓鼻涕一样的光泽。

屋檐口的冰锥一条一条挂下来，短的像一把寒光闪闪的匕首，长的像肉滚滚的小孩子胳膊。冰锥比路边的积雪洁白许多，仰头从下往上看，晶莹剔透的，像是里面藏着深深的秘密。我们喜欢拿竹竿把那些锥柱打下来，握在手里，看它如何一点一点地融化。手虽然冻得通红，胡萝卜一样肿胀，毕竟还是有温度的，冰锥被手心握住的那一段，慢慢地慢慢地就变细了，有了几道手指形状的凹槽，还有冰水从手指缝里流下来。再坚持下去的，冰锥肯定会从中间断开，一根变成两根。可惜这时候我们的手已经完全没有知觉，握不住东西，不得不放弃这个"勇敢者的游戏"。

隔壁人家的小九子，早晨上学时从屋檐下面过，不知道怎么有一根冰锥掉下来了，不偏不倚砸在他头顶，头皮砸破了，还鼓出一个杏子大小的包。小九子被惊吓得不轻，哇哇地大哭，赖着再不肯去上学。他妈妈一声令下，他们家的大哥二哥三哥全都冲出来，每人举一根竹竿，沿着我们上学的路线一路啪啪地打过去，把所有屋檐下的冰锥打了个一干二净。

小九子名叫罗欢庆，是我的同学。我很羡慕他有八个凶神一样的哥哥，随时都会有其中的一个跳出来，替他开山劈水，铺路架桥。相比之下，我只有一个姐姐，一个哥哥，我们家显得势单力薄。所以我从小就知道躲着小九子，不去沾惹麻烦。

艾早倒还懂得"适可而止"，按照爸爸的嘱咐，到妈妈床前低了一个头。妈妈顺驴下坡，眼泪汪汪地讲了一番大道理，无非是"为你们好啊"什么的。艾早一声不响地听着，不点头，但是也绝对不反驳。这事就算过去了。

然而阴影就此埋了下来。妈妈和艾早之间，逐渐变得敏感而尖锐，戒备而对立。妈妈越是恼恨和反对的事情，艾早越是有兴趣小心翼翼踩着"雷区"往前蹚。她跟妈妈作对似乎有了瘾，看见妈妈痛不欲生、伤心绝望的样子，她的肾上腺素就升高，就笑嘻嘻，乐滋滋的，有快感，有恶作剧成功的开心。

她到时髦的"美发店"，把刘海和辫梢烫得飞翘起来，像电视里常见到的女演员的那种发型。她穿起扫帚样的喇叭裤大摇大摆在街上走，故意让路人对她侧目。秋风起，天转凉，大家都穿上了毛衣，她偏穿夏天的薄薄的"蝙蝠衫"，冻得鼻子发红脸发青。她在家里大声地哼着邓丽君的歌，时不时地，抱起一把椅子，陶醉地旋出一个舞步。她嘲笑妈妈和艾好之间一成不变的通信语言，鼓励我在作业太多的时候罢学不做，半真半假地提出她不想再读书了，让爸爸妈妈"借"给她一笔创业资金，她要干个体，争取两年之内挂上"万元户"的大红匾。

摘选自黄蓓佳著《艾晚的水仙球》

197

江苏省特级教师

史春妍　出题

1. 你盼望像肖晓一样当升旗手吗？从幼儿园开始，你有过哪些愿望？为什么会有这些愿望？这些愿望都实现了吗？

2. 除了"亲亲"妈妈，你还可以选择什么方式向妈妈表达自己的心意？